Copyright © 2024 Emilie Boegli

© 2024, Emilie Boegli
ISBN 9798322502289
Reproduction intégrale ou partielle interdite
Achevé d'imprimer en Juin 2024
Dépôt légal : Juin 2024

Imprimé par Empreinte du Merveilleux Éditions
Cork - Irlande

Le Deal

Que seriez-vous prête à faire pour obtenir une promotion ?

Emilie Boegli

Empreinte du Merveilleux Éditions

Pour toutes les femmes...

Chapitre 1

L'anniversaire

Il doit être dix-neuf heures lorsque j'arrive enfin chez Tybalt. Le patio est allumé. J'entends la musique à l'intérieur : du jazz. Cela s'annonce comme une soirée tranquille, ce qui me convient parfaitement. J'ai beaucoup travaillé ces derniers temps. Avec la fusion qui approche entre le magazine *Tendances,* pour lequel je bosse, et le géant *Paperwork*, des opportunités vont se présenter. Je compte bien utiliser toute l'énergie à ma disposition pour obtenir une promotion.

À l'extérieur, je remarque la Kia Picanto couleur bleue Alice de Carla. Elle est déjà arrivée : un exploit ! Je cale la bouteille de vin blanc sous mon bras, puis saisis le cadeau de Tybalt ; un des premiers exemplaires de Spider-Man, une édition rare. Connaissant sa passion pour les bandes dessinées, je suis certaine que mon présent va faire mouche. Je sors de ma Toyota Yaris rouge et me dirige en direction de la porte d'entrée. La musique demeure à présent plus forte. Il s'agit de *Take Five* de Dave Brubeck. J'adore ce titre. Je n'étais pas spécialement sensible au jazz auparavant, mais Tybalt a su me bercer dans les différents courants américains et, par ce biais, m'a appris à apprécier d'autres sons. J'aime découvrir de nouvelles choses. La musique est l'un des plaisirs dont je ne pourrais me passer. Apple Music reste ce que j'enclenche en premier lorsque je me lève le matin, et le dernier truc que j'éteins quand je me couche. J'ai même créé une playlist intitulée *Dodo* qui m'aide à basculer, doucement, dans le monde des rêves. Bref, me voici sur le palier. Je sonne à la porte d'entrée.

La fête se passera juste entre amis. Une soirée commérages, comme dirait Eoin. Eoin est le mari de Tybalt. Ils se sont rencontrés en Irlande, alors que ce dernier y faisait un semestre d'échange. Ils sont tout de suite tombés amoureux et ne se sont plus quittés depuis. Donc oui, la nuit s'annonce des plus relax. J'ai tout de même sorti une belle robe pour l'occasion. Ce n'est pas tous les jours que son meilleur ami fête son anniversaire. Et puis cette robe, c'est lui qui m'a aidée à la choisir. «Tu verras comme tu feras tourner les têtes», m'avait-il assuré. Sauf qu'il n'y a aucun regard à accrocher. Je suis seule dans un monde où les mecs demeurent soit des connards soit des rats. Et je n'ai pas l'intention de me laisser passer la corde au cou par ce genre de types.

—Luna! Enfin, te voilà! Entre donc!
Carla est déjà arrivée. Tu es magnifique,

cette robe te va vraiment à ravir !
— Je te remercie, doudou. Oui, j'ai vu la voiture de Carla à l'extérieur. Tiens, c'est pour toi. Joyeux anniversaire !

Je lui tends la bouteille avant qu'elle ne tombe, je connais ma maladresse. Puis, je lui remets la bande dessinée emballée. Il m'embrasse sur chaque joue. Malgré ses origines américaines, il aime les coutumes européennes.

— Je te remercie, my darling.
— Avec plaisir ! Merci à toi pour l'invitation. Et mmmmh ! Ça sent bon ! Qu'est-ce que tu nous as préparé ?

Je tends le cou pour essayer d'apercevoir les différents mets dont l'odeur alléchante me contracte l'estomac. Je meurs de faim.

— Oh, pas grand-chose ! Deux, trois bricoles à grignoter. Je file d'ailleurs, je dois sortir les feuilletés du four. Je te laisse rejoindre Carla dans le salon, tu connais le chemin.

J'acquiesce et m'en vais, de ce pas, tenir compagnie à ma colocataire. Carla, assise sur le canapé, se trouve vêtue d'une robe moulante à la jupe miniature, projetant la lumière sur ses jambes interminables. Cette fille est une bombe. Pas étonnant qu'elle attire des mâles dans son lit chaque week-end. Cela me manque d'ailleurs. Je ne parle pas forcément de sexe. Même s'il n'y a rien de tel qu'un petit orgasme pour reprendre confiance en soi. Non, juste d'un corps à côté du mien, me prodiguant tendresse et chaleur humaine.

— Hola bella ! chantonne ma coloc en me voyant arriver, un large sourire sur les lèvres.

Elle se lève pour m'accueillir. Laissez-moi vous la décrire. Carla mesure un mètre septante-six. À côté de mon pauvre mètre cinquante-cinq, c'est une géante. Nous sommes toutes deux brunettes. Mais là où ma jolie teinte chocolat s'agrémente de reflets roux, les siens sont méchés de couleurs dorées, la faisant passer de châtain à blonde sexy. Comme si cela n'était pas suffisant, elle possède des yeux verts ! Quel pourcentage de la planète arbore des iris de cette couleur ? Bref, elle est parfaite.

Une magnifique poitrine et un ventre plat décrivent en quelques mots le reste du physique de cette déesse au corps sculptural. Les deux extraordinaires seins de ma colocataire sont, cependant, tout sauf naturels. Elle ne s'en cache pas. Son côté mytho a ses limites. D'origine italo-russe, elle parlerait couramment les deux langues, selon ses dires. Je n'ai malheureusement pas encore eu l'occasion de prouver le contraire.

Pourquoi sommes-nous amies ? C'est une très bonne question. Je trouve Carla distrayante. Et malgré ses nombreux défauts, elle possède tout autant de qualités. Elle se montre drôle et fun et croque la vie à pleines dents. Ses histoires, bien que je ne les envie pas toujours, restent rafraîchissantes. Elle est mon opposée, ce qui me force à voir la vie d'un œil différent.

Je m'approche, lui posant, à mon tour, un bec sur chaque joue et demande :

— Ciao ma belle ! Comment s'est passée ta journée ?

— Bah ne parlons pas de ça ! Laissons le travail où il est. Nous nous retrouvons pour fêter l'anniversaire de Tybalt. Et c'est exactement mon intention. Le verre qu'elle a dans la main atteste ses dires. Carla vit la nuit. Peu importe le moment de la semaine. Si elle a mis son esprit en mode *sortie*, c'est parti jusqu'au petit matin. Je regrette quelquefois de l'avoir référencée. C'est ainsi que ça se pratique de nos jours dans le monde professionnel. Tu apportes le CV d'un ou d'une amie et tu récoltes un peu d'argent si cette personne est engagée. C'est ce qui s'est passé pour Carla. Lassée de son ancien boulot, elle m'a demandé de l'introduire dans mon entreprise. Si seulement j'avais su. Donc oui, je disais : fêtarde. Cela peut être lundi, mercredi ou samedi, dès qu'elle a un verre dans la main, il faut s'attendre à ce qu'elle rentre à point d'heure. Je ne pourrais compter le nombre de retards que j'ai dû couvrir. Sans parler de l'état dans lequel elle se présente parfois. Enfin, lorsqu'elle daigne nous gratifier de sa présence. C'est là qu'avoir un joli physique aide. Elle possède toujours son job à durée indéterminée et aucun avertissement n'est à signaler.

Tybalt entre dans la pièce avec des victuailles plein les mains.

— Un peu d'aide, les filles ?

Je me précipite pour attraper les assiettes et les poser sur la table, prenant quelques mignardises au passage.

— Mmmhh ! Ch'est délichieux ! Comme toujours ! je le félicite, la bouche pleine.

— Merci ma chérie. Alors... Venons-en aux faits, les trésors. Combien de temps s'est écoulé depuis notre dernière rencontre ? Deux mois ? Des potins, s'il vous plaît !

— Eoin ne nous rejoint pas ? je demande.

— Non, tu sais ce qu'il pense de nos soirées potins.

Il me fait un clin d'œil.

— Mais... C'est ton anniversaire, je proteste.

— Ne t'inquiète pas, trésor. Nous avons organisé tout un programme pour le week-end prochain.

Le manque à l'appel d'Eoin a un effet différent sur Carla qui s'anime enfin :

— Et bien, tu aurais dû le dire tout de

suite que nous étions seuls ! Il faut que je vous parle de ma dernière conquête : Stanislas !

Tybalt et moi échangeons un regard et pouffons de rire. Stanislas, sérieusement ?

— Depuis quand tu fréquentes des hommes de tes racines, demande Tybalt.

— Je me suis dit qu'il était temps d'essayer. Je ne voulais pas mourir ignorante. Et puis, je dois avouer que je n'ai pas été déçue.

Elle écarte les mains, montrant un espace d'au moins 25 centimètres. Tybalt ajoute :

— La taille ne compte pas, si on ne sait pas s'en servir.

— Ah, mais ! Laissez-moi terminer. Un dieu du sexe, je vous promets. Ces hommes peuvent apparaître aussi froids que la glace lorsqu'il s'agit de démonstrations affectives. Mais au pieu… Ouh là là ! J'ai tellement joui que j'ai cru m'évanouir. Il m'a prodigué au moins quatre orgasmes à la suite. À un moment donné, j'ai arrêté de compter. Mon corps s'était transformé en suite de vagues délicieuses. Je crois que je suis amoureuse…

Tybalt et moi la fixons alors qu'elle se laisse glisser dans le canapé encore dans l'émoi des instants passés avec son nouvel Apollon. Nous éclatons à nouveau de rire. Vexée, Carla se redresse et nous lance un regard noir :

— Qu'est-ce qui vous fait marrer ? demande-t-elle.

Tybalt, une fois le fou rire dissipé, répond :

— Carla, Carla, Carla….

Il secoue la tête de gauche à droite avec un sourire sur les lèvres :

— Tu dis ça chaque fois.

Le froncement de sourcils de Carla s'efface tandis que ses deux rangées de dents blanches apparaissent. Elle se met alors à rire à gorge déployée. Tybalt et moi ne pouvons rien faire d'autre que de la rejoindre. Retrouvant enfin son sérieux, son regard de femme fatale se pose sur moi :

— Et toi ? demande-t-elle tout en se penchant pour attraper un petit four. Qu'est-ce que ça donne avec Kevin ?

— Qu'insinues-tu par : qu'est-ce que ça donne ? Kevin est mon assistant, je veux dire… stagiaire-assistant.

— Il en pince pour toi ! coupe-t-elle. Je peux voir son pantalon devenir trop serré et la salive dégouliner au coin de sa bouche quand il se retrouve près de toi.

Tybalt se retourne vers moi d'un air intéressé :

— Tiens donc !

Puis se tournant vers Carla :

— Dis-m'en plus !

Je m'interpose avant que la conversation prenne une direction que je ne souhaite pas :

— Il n'y a rien à raconter. Je le trouve dégoûtant. Je l'ai entendu discuter avec d'autres stagiaires. Il possède une liste chez lui des femmes avec lesquelles il a couché et pour chacune d'elles, une note sur leurs capacités sexuelles.

Carla fouille alors dans son sac tout en ajoutant :

— J'en ai créé une aussi ! Attends ! Laisse-moi la récupérer.

Je lève la main afin de l'arrêter :

— Pas besoin !

Je fronce les sourcils tandis que Tybalt affiche un visage jovial. Cette situation l'amuse au plus haut point. Déçue de ne pas pouvoir montrer le résultat chiffré de ses derniers mois de conquêtes, Carla revient à la charge :

— Tu as vérifié qu'il n'y avait pas quelques toiles d'araignées là-dedans ? me demande-t-elle en soulevant ma jupe que je plaque aussitôt sur mes genoux.

— Tu sais que ma tête se trouve ailleurs en ce moment. Il y a la fusion.

Carla lève les yeux au ciel et tend son verre vide à Tybalt pour qu'il le remplisse :

— Le même, chéri ! S'il te plaît.

Puis d'un ton sérieux, alors que Tybalt prépare à côté de nous trois cocktails bien corsés, Carla reprend :

— Avec toi, il y a toujours quelque chose. Aujourd'hui, c'est la fusion, hier c'était ton rôle de cheffe d'équipe que tu voulais vraiment obtenir. Voilà cinq ans que tu te jettes corps et âme dans ton travail. Pour quoi ?

Elle marque un temps d'arrêt. Je ne trouve rien à redire, je sais qu'elle a raison, quelque part.

— Tu dois faire quelque chose, mon amour. Tu es belle...

Je rougis à cette phrase.

— ... et tu le sais autant que moi. Il faut juste qu'un homme te le montre. Je vais te dénicher quelqu'un.

Je retiens mon souffle et me tourne vers Tybalt dans l'espoir qu'il se porte à mon secours. Ce qu'il ne fait pas, le traître. Au contraire, il appuie là où ça fait mal.

— Elle a raison, chérie. À quand remonte la dernière fois où un membre étranger a pénétré ton intimité ?

Je rougis à la fois de confusion et de rage. C'est mon corps. Je fais encore ce que je veux. Je ne vais pas accorder un droit de passage à n'importe qui. Même si je reste consciente que le respect pour ma personne ne se trouve pas à l'origine du calme plat que représente ma vie sexuelle, et surtout affective, en ce moment. Mais à les voir tous les deux se liguer contre moi, je me surprends à me laisser consumer par la colère. Je me lève pour rejoindre Tybalt au bar et avale l'un après l'autre les trois cocktails qu'il vient de préparer. J'en ai marre à la fin de leurs regards et de leurs jugements. Ils souhaitent apercevoir la Luna dévergondée. Très bien, laissons-la sortir.

Mon éclat a mis le feu aux poudres et en moins de temps qu'il ne faut pour le dire, nous appelons un taxi afin de nous rendre dans la boîte branchée du coin. Eoin, ayant pris connaissance de la tournure des événements, a décidé de nous y retrouver. La robe choisie ce soir aura peut-être enfin l'occasion de porter ses fruits. Une fois à l'intérieur de la discothèque, Carla m'attrape le bras et me guide en direction du bar. Eoin et Tybalt nous y accompagnent. Ma coloc nous commande une première tournée de tequilas pour entamer les festivités. Ma vue, déjà affectée par les multiples cocktails, me confirme que la nuit va très mal se terminer. Les boissons arrivent vite. Nous souhaitons un joyeux anniversaire à Tybalt et après avoir léché le sel sur notre

main, avalons, d'une traite, le premier d'une longue lignée de shots. Alors que j'attends le prochain verre, les dents encore plantées dans le morceau de citron, je ressens une caresse sur mon dos nu. Puis, une voix sensuelle me murmure à l'oreille :
— Tu danses ?
Je pose le bout de fruit sur le bar et m'essuie la bouche avant de me retourner et découvrir à quel homme cette voix appartient. Mon regard se perd aussitôt dans ses yeux à la couleur et à la profondeur indéfinissables. Je me sens happée par son œillade hypnotique, le laissant me guider sur la piste. Les premiers pas se montrent timides, chacun respectant une distance courtoise. Puis, remarquant mon manque d'équilibre, il s'approche afin de me soutenir, enfin, pas uniquement cela. L'alcool m'ayant déjà complètement désinhibée, je l'autorise à se frotter contre moi et à me caresser le dos et les bras. Nous nous déhanchons de plus en plus lascivement, faisant fi des personnes autour de nous. La piste de

danse devient notre propre terrain de jeu. Nous ne nous préoccupons pas non plus de rester dans le tempo. Je ne connais pas son nom, et il ne saura jamais le mien. Cela ne l'empêche pas de glisser sa main sous la jupe de ma robe pour attraper l'une de mes fesses et moi de le laisser faire. J'en veux tellement plus. Alors, sans plus attendre davantage, mes lèvres, en recherche d'une faim à satisfaire, trouvent les siennes. Nous ne perdons pas de temps et passons directement à la vitesse supérieure, lorsque ma langue rencontre la sienne. L'apprentissage commence. Par de savants roulements et échanges de salive, je lui montre comment je souhaite qu'il m'embrasse. Je n'aime pas ceux que j'appelle les *machines à laver* où tout ce qui leur importe est de glisser leur langue visqueuse dans votre bouche et de tourner sans fin. Non, la clé reste dans le fait de prendre son temps. Il faut lécher, mordiller, découvrir. Tandis que ma langue caresse la sienne, je sens l'afflux de salive arriver ; plus c'est mouillé,

plus c'est bon. Je termine de l'embrasser en attrapant entre mes dents sa lèvre inférieure, que je garde une seconde avant de la relâcher. Je perçois son excitation par sa respiration haletante. Nous continuons de nous trémousser de manière lascive, nos baisers devenant de plus en plus ardents. Il me tire soudain plus fort contre lui. Je discerne son membre dur contre ma cuisse. Il tente de glisser ses doigts sur mon pubis, à l'intérieur de mon string. Je le retiens. Il se penche vers moi :
— Et si on allait chez toi ?
Je lui saisis la main et le guide en dehors de la piste de danse. Nous passons devant le bar où Eoin, Tybalt et Carla semblent enchaîner les tequilas. Cette dernière, me voyant me diriger vers la sortie, m'octroie un clin d'œil et lève son verre comme pour me féliciter. Une fois dehors, l'air frais m'aère l'esprit. Les lumières, plus vives, me permettent alors d'obtenir un regard plus clair sur ma prise. J'observe l'homme, me dépassant de presque une tête. J'y suis habituée, en raison de ma petite taille.

Je continue mon inspection. Il a un physique un peu mou, dû certainement à trop de soirées arrosées et pas assez de sport. J'aperçois des poils sortir du haut de sa chemise, trop ouverte à mon goût. Il n'entre pas dans la catégorie des mâles pour lesquels je craque normalement, mais j'ai bien trop faim. Les commentaires de mes amis en plus des gestes de l'inconnu sur ma peau ont réveillé en moi un désir endormi. J'ai envie de sexe.

— J'ai commandé un Uber, m'informe-t-il.

Je retourne mon regard vers lui tandis qu'il extirpe un paquet de clopes de sa chemise et entreprend d'en allumer une.

— Je peux ? je lui demande en désignant les cigarettes.

Je ne fume pas, sauf si j'ai bu ou si dans les rares occasions comme celle-là, l'effet de l'alcool commençant à se dissiper, je sens le besoin de me replonger dans une certaine torpeur. La première taff fait immédiatement son travail tandis que ma tête se remet à tourner. Je m'approche de mon inconnu et, l'agrippant par la nuque, attire à nouveau ses lèvres à moi.

— Mmmhhh, fait-il. Tu es super chaude, j'adore.

Je préférais quand le bruit ambiant nous empêchait de nous entendre.

— Tais-toi, je le coupe, et embrasse-moi !

Nous recommençons alors à nous galocher. Je perçois ses mains baladeuses et je me rends compte que la sobriété me gagne. La torpeur due à l'alcool disparait et mes doutes apparaissent. Il faut que la voiture arrive sinon, je ne suis pas certaine de vouloir aller jusqu'au bout. Je ne suis pas Carla. Coucher pour coucher, ce n'est pas mon genre. Ce n'est pas forcément l'image que je montre à présent. Mais ils l'ont cherché aussi, Tybalt et elle. Il ne s'agit pas de frigidité, juste de priorité. Ma carrière se trouve pour le moment au cœur de ma vie. Je souhaite également dénicher un homme qui voudra rester avec moi pour un peu plus qu'une nuit.

La voiture arrive enfin. Nous y grimpons et je donne l'adresse au chauffeur. Je laisse mes yeux se perdre à nouveau dans le noir de son regard à lui. La chose qui m'a attirée ce soir. J'essaye de ne pas décoder son œillade lubrique. Je garde mon attention sur ses gestes. Sur ses doigts qui me touchent, pas forcément comme il le faut, mais me caressent néanmoins. Heureusement que je n'habite pas très loin.

Une fois entrée dans mon logement, je pars en quête du Saint Graal, ce qui me permettra de continuer les festivités et ne pas me dégonfler. Je me souviens que Carla cache quelques bouteilles dans sa chambre.

— Chouette appartement, me complimente-t-il.

— Merci, je réponds, tout en saisissant le premier spiritueux trouvé et en me dirigeant vers la cuisine pour sortir des verres. Un shot de rhum, ça te convient ? je lui propose.

— T'as pas de whisky ?

Monsieur fait la fine bouche. Je secoue la tête. Il hausse les épaules comme pour dire : peu importe. Je le regarde effectuer le tour de la pièce, observant

les différentes photos sur le mur.
— Ouah ! Elle est canon ta copine !
— Ouais, je sais, c'est ma colocataire, Carla.
— Tu me la présentes ? demande-t-il tout en riant de sa blague pourrie.
Comment peut-on être sur le point de conclure avec une nana et parler d'en rencontrer une autre ?
— Elle a de ces seins ! Je les boufferais bien.
Il se tourne vers moi et ses yeux descendent instinctivement vers ma propre poitrine. Je vois son regard de déception. J'ai des seins. Certes, ils ne se montrent pas aussi gros que ceux de Carla, mais les miens, au moins, sont naturels. Je m'avale deux shots à la suite. Je préférais quand il n'y avait aucun moyen de nous entendre. Je ne me sens plus très sûre de vouloir conclure ce soir. Les paroles de Carla et Tybalt reviennent taper à mon cerveau : toiles d'araignée, dernier corps étranger. J'ai conscience que le faire pour le faire n'est pas bien et que je ne dois absolument rien leur prouver. Je ne me trouve cependant pas

dans un état de réfléchir. Je reporte mon attention sur l'homme que j'observe. Heureusement qu'il embrasse bien. Et avec ses lèvres sur les miennes, sa bouche sera occupée à autre chose que de me balancer des atrocités. Je remplis nos deux verres et m'approche de lui pour lui en remettre un. Nous les vidons d'un trait. Je le guide alors sur le canapé où il s'assoit. Je viens me placer à côté de lui et recommence à glisser ma langue dans sa bouche. Qu'est-ce que j'aime ça ! Certains hommes se lassent vite des baisers, tandis que je pourrais passer des heures à le faire. Je ressens justement son impatience. Il tire soudain mes cheveux afin de basculer ma tête en arrière et dégager ma gorge. Doucement, il commence à embrasser et mordiller mon cou. Je saisis alors ma robe et d'un mouvement vif, je la retire. Je me retrouve en sous-vêtements à ses côtés. J'observe sa réaction. J'apprécie particulièrement ce moment, cet instant où l'homme, par un simple regard, vous fait vous sentir comme la créature la plus indispensable à sa vie.

Ce sentiment, comme s'il découvrait en vous la huitième merveille du monde. Même si je suis loin d'arriver à la cheville de Carla, je pense être canon. Je suis très sportive et je m'entretiens par une alimentation saine. L'alcool commence à faire effet tandis que mon esprit s'embrume à nouveau, permettant à la dévergondée Luna de reprendre le dessus. Je le pousse contre le canapé et je viens m'asseoir à califourchon sur lui.

— Ouais c'est ça bébé ! me dit-il.

Je plaque mes deux mains contre sa bouche. Il comprend que je préfère le silence et me répond par un signe de tête. Je déboutonne le haut de sa chemise, tandis que ma bouche, ma langue, caresse le lobe de son oreille et sa gorge. Au fur et à mesure que je le déshabille, ma langue suit le mouvement, descendant petit à petit sur la surface de son torse velu, alors que mon corps glisse, lui, le long de ses jambes jusqu'à ce que je me retrouve à ses pieds. Pendant qu'il termine d'ôter sa chemise seul, je suis déjà en train de défaire sa ceinture. Il soulève son bassin pour que je le libère de son jean maintenant un peu trop serré. Il porte un boxer. Le sous-vêtement masculin par excellence. Je trouve cela tellement sexy. Je ne me précipite pas pour l'enlever, tâtant le membre gorgé de sang, à travers le tissu. L'homme est bien pourvu ; au moins ça ! J'ai connu différents gabarits dans ma vie. Nous avons beau dire que ce n'est pas vrai, si, la taille compte. Alors que je caresse la verge toujours emprisonnée, je dévisage ma proie qui a maintenant le souffle court, la tête posée sur le dossier du canapé et les yeux fermés. J'enlève enfin la seule chose qui me sépare de son sexe : son sous-vêtement. Je prends le temps d'observer le membre en érection. Puis, je me positionne sur mes genoux. L'homme redresse la tête pour me regarder. Les mâles aiment la dualité de ce moment. La domination qu'ils ont sur nous alors que nous nous trouvons soumises à leurs pieds. Et la puissance que nous possédons à avoir entre nos mains, nos bouches, la partie la plus importante de leur corps qui par nos savantes caresses leur permettra d'atteindre le paroxysme de la jouissance.

  De ma main droite, je saisis la base de son sexe. Il n'est pas circoncis, m'octroyant plus de matière pour m'amuser. Maintenant la peau, je remonte ma main tout le long de son membre pour venir envelopper toute sa longueur, puis je pars en contresens afin de découvrir le gland, lisse et chaud, tout en le caressant au passage. Je prends mon temps, faisant connaissance avec la taille du pénis de l'homme, la fluidité du geste, ses tremblements tandis que j'entame le même procédé encore et encore. Je glisse la peau jusqu'en haut, puis je redescends. Ma cadence s'accélère, puis je ralentis. Il a du mal à retenir des mouvements de bassin. Ces gestes que j'apprécierai lorsqu'il se trouvera en moi. C'est le moment de goûter. Entrouvrant mes lèvres, je permets au gland de pénétrer ma bouche. Hummm c'est délicieux. Par des coups de langue d'experte, enfin, là c'est l'alcool qui parle, je caresse sa surface lisse. Je retire le phallus et verse un peu de salive sur son extrémité. Un ancien amant m'a dit un jour « plus c'est mouillé, plus c'est bon ». J'ai retenu la leçon. Je continue mes va-et-vient tout le long de ma bouche cette fois. Il a une taille idéale. Un membre un peu plus grand serait passé aussi, mais cela me permet de l'aspirer complètement. Laissant le sexe remplir ma bouche, j'utilise le creux de mes joues pour le caresser davantage. Puis je ressors le pénis en suçant le gland avec mes lèvres. Enfin, j'achève mon mouvement par de petits coups de langue précis. Je sens mon inconnu respirer fort, râlant presque. Après quelques minutes de ce jeu, je suis excitée. J'aimerais qu'il s'occupe de moi. Saura-t-il y mettre autant de soin ?

— On inverse ? je lui propose.

Il lève la tête, déçu que ce soit déjà terminé.

— Je peux pas te pénétrer, plutôt ?

Super ! Je suis tombée sur un égocentrique. Très bien, je ferai avec.

— T'as ce qu'il faut ? je lui demande.
Pour moi, c'est à l'homme de gérer l'achat des préservatifs. Nous devons bien payer la pilule. Ils espèrent cependant toujours passer outre cette étape. Même si rien ne vaut la sensation du naturel, les risques restent bien présents. Il secoue la tête pour confirmer qu'il n'y a pas pensé ou n'a simplement pas voulu l'assumer. Heureusement que je suis une femme des temps modernes et que je ne dépends de personne.
— Tu m'accompagnes ? Nous serons plus à l'aise sur le lit.
J'aime bien le canapé pour le sexe, car j'apprécie fortement de me positionner dessus. Cela requiert cependant la compagnie d'un mâle qui a un tantinet envie de procurer du plaisir à sa partenaire. Avec l'homme de Cro-Magnon que j'ai trouvé, je me contenterai du peu qu'il me donnera. Je me dirige vers ma chambre, lui sur mes talons, et m'en vais saisir, dans la table de nuit, la protection nécessaire à la suite de nos ébats. Alors que je me penche en avant, il se place derrière moi.

Il décroche le soutien-gorge et attrape mes seins, qu'il se met à malaxer comme un enfant avec de la pâte à modeler. Je sens son membre se durcir un peu plus, contre moi.

— J'aurais bien pris ceux de ta coloc entre mes mains, ricane-t-il.

Premièrement, ce mec se trouve être le plus grossier avec qui j'aurai probablement couché de toute mon existence, en plus d'être l'amant le plus minable. Enfin... Tout n'est pas encore joué. L'espoir fait vivre comme on dit, et pour ma part, peut-être jouir. Je me retourne et le pousse sur le lit où il tombe tel un sac de pommes de terre. Je regarde son sexe, toujours en érection. Heureusement qu'il reste bien pourvu.

— Ça ne te dérange pas si je me mets dessus ? je demande plus pour l'informer qu'autre chose. Car son avis, finalement, m'importe peu.

Il acquiesce. Je déchire l'emballage du préservatif avec les dents, puis le place sur son phallus gorgé de sang. Alors, sans plus attendre, je viens m'installer au-dessus de lui. Je porte mes doigts à ma bouche afin de récupérer de la salive et humidifier mon entrejambe. Puis, je dirige le pénis à l'entrée de mon vagin. Tout doucement, je permets à mon sexe de l'envelopper tout entier. Je gémis de satisfaction. Enfin un peu d'authenticité. Mes mains posées de chaque côté de son corps pour prendre appui, je laisse mon bassin remonter le long de sa verge. Des frissons parcourent tout mon être. Les premiers va-et-vient se montrent intenses, m'apportant mille sensations. Mes gémissements témoignent de mon plaisir. Je ferme les yeux pour apprécier. Je sens ses doigts maladroits se reposer à nouveau sur mes seins. Le malaxage va recommencer. J'entreprends alors de déplacer ses mains sur mes hanches, lui indiquant de quelle manière je préférerais qu'il m'accompagne. Puis, me penchant sur lui, je lui murmure :

— Suis-moi…

Il se met à bouger son bassin, suivant la cadence de mon mouvement, dans un rythme de plus en plus rapide. Je gémis à son oreille. C'est très bon, même si j'ai conscience que sans caresse de mon clitoris, je ne jouirai pas ce soir. Sa respiration s'est à présent transformée en râle de plaisir, je sens que ce sont probablement ses derniers coups de reins. Plus profonds, plus puissants, ils se montrent intenses et j'en apprécie chaque seconde. Enfin, comme attendu, tout s'arrête. Il retient mon bassin pour faire cesser le va-et-vient. Nous n'avons pas essayé d'autre position. Il aura été minable jusqu'au bout. Je n'ai même pas envie de mentionner le fait de me terminer. Je me redresse et m'ôte de lui tout en maintenant le préservatif. Je lui laisse le soin de le retirer tandis que je me lève et me dirige vers la salle de bains. À mon passage près de lui, il me claque une main sur la fesse :

— Peut-être la prochaine fois on organise un plan à trois ?

Il rigole, moi non. J'en viens à me demander s'il ne s'est pas imaginé Carla pendant l'acte. Je secoue la tête pour faire disparaitre cette pensée. Je m'en fous de toute manière, cet homme est, et restera, un dinosaure. Je m'autorise quelques minutes dans la salle de bains, assise sur la cuvette, espérant qu'il se soit déjà rhabillé. Je me trouve complètement sobre maintenant, mais loin d'être rassasiée. J'apprécierais de pouvoir me masturber. Je saisis un peignoir que j'enfile et sors de ma cachette. Ma chambre est vide. Je retourne au salon où mon inconnu est en train de lacer ses chaussures.

— Tu ne m'en veux pas si je ne prends pas ton numéro ? me demande-t-il. Ce n'est pas que tu ne suces pas bien, mais j'aime bien que les nanas que je baise montrent une certaine satisfaction. T'es frigide ?

Je n'ai plus qu'une envie, qu'il parte. Entre les différents commentaires de mes amis, puis ce retour à une vie sexuelle minable, j'éprouve soudain un grand besoin de solitude. Je laisse ma colère prendre le dessus et réplique :

— Malheureusement, ce n'est pas dans ma nature de simuler afin de gonfler l'ego de mon partenaire. Trouve-toi quelqu'un qui excelle en la matière, la prochaine fois.

Il se renfrogne :
— Les femmes ne simulent pas avec moi, je suis un dieu du sexe.
— Si tu le dis, je réponds froidement.
Il me toise. Sentant l'ambiance glaciale qui s'est installée, il saisit sa veste, sans un autre geste, puis se dirige vers la porte qu'il ouvre. Une fois dans le couloir, il se retourne et ajoute :
— Je ne connais même pas ton nom.
— Tu n'en as pas besoin.
Je claque alors la porte sur lui, sans regret. Quel abruti ! Cet échange m'a complètement dégrisée et coupée de toute envie. Bah après tout ce n'est pas comme si je ne savais pas m'occuper de moi. Avec le célibat, la masturbation fait partie de mon quotidien. Soudain épuisée et nauséeuse, je me dirige vers la salle de bains pour prendre une bonne douche chaude. Puis, il sera temps d'aller me coucher.

Chapitre 2

Le nouveau boss

Je passe les portes de l'immeuble où se situe mon lieu de travail et me rends en direction des ascenseurs. Sur le chemin, je scanne mon badge devant la borne automatique et l'agent, comme à son habitude, me lance un « Bonjour mademoiselle Torrès », auquel je réponds d'un simple abaissement du menton. Je me montre normalement plus loquace, mais cette journée s'annonce compliquée. Ma tête tambourine encore des exploits du week-end, tandis que mon estomac refuse toute coopération à chaque tentative de l'alimenter. Alors que j'attends au pied des ascenseurs, j'aperçois quelqu'un approcher du coin de l'œil. Il s'agit d'Anthony Beauchamp, mon patron. Je l'avais de toute façon senti avant même de le voir. Son parfum, qui de mon point de vue reste la plus belle odeur du monde, m'envoûte chaque fois, créant des milliers de papillons virevoltant dans mon ventre. Ce n'est juste pas le bon jour pour mettre mes entrailles sens dessus dessous. La nausée me suffit.

— Bonjour, Luna.
— Bonjour, Anthony.

Nous nous appelons par nos prénoms. Malgré l'ordre hiérarchique, nous sommes presque du même âge. Il nous semblerait vraiment étrange de devoir jouer du madame ou monsieur. Afin de conserver quelque professionnalisme vis-à-vis des autres employés de l'entreprise, et entre nous également, nous avons tout de même décidé de garder le vouvoiement. Même génération ou non, cela ne l'empêche pas d'être mon patron.

Je n'arrive pas à retenir un bâillement qui ne passe pas inaperçu.

— Week-end difficile ? me demande-t-il.

— Une mauvaise nuit, je réponds.

Il n'est pas obligé de savoir que la fusion ne demeure pas la seule raison de mon état. Il se tourne vers moi :

— J'ai conscience que nous entrons dans une période compliquée, Luna. Mais ne vous inquiétez pas, ajoute-t-il, rassurant, en plaçant une main sur mon épaule. Nous allons faire en sorte que les choses se passent de la manière la plus fluide possible. Tout sera expliqué à la réunion de dix heures. Et je vous attends dans mon bureau à neuf heures trente, comme convenu.

Je hoche la tête pour confirmer. Il s'écarte de moi et se place à mes côtés dans une attitude plus formelle.

— J'espère d'ailleurs que votre amie Carla sera à l'heure.

— Moi aussi.

Je sens ses yeux braqués sur moi, mais je garde le menton baissé, scrutant quelque chose d'invisible afin d'éviter de croiser son regard. Aujourd'hui représente une date cruciale pour moi, c'est même la plus importante de toutes. Je ne souhaite pas que quiconque vienne perturber ce que j'ai mis plusieurs années à construire. Ni mon boss qui par sa seule présence réveille en moi des envies refoulées depuis plusieurs mois, voire plusieurs années. Ni ma colocataire dont la nonchalance et la constante désinvolture remettent à chaque fois en question l'état de ma lucidité le jour où je l'ai référée. Nous atteignons l'étage désiré et alors qu'Anthony part à droite pour rejoindre son bureau, je prends à gauche afin de retrouver l'espace que je partage, dans des cubicules, avec le reste de mon équipe. Lieu que je quitterai bientôt pour une pièce à la taille ridiculement démesurée et dont l'énorme baie vitrée m'offrira la vue du lac tant méritée.

Alors que je m'approche de mon bureau, je suis aussitôt rattrapée par Kevin, mon assistant. Il savait que j'arriverais en avance et m'a de ce fait précédée. Il a conscience de l'importance que joue ma promotion dans l'avancement de sa carrière, et fait en sorte d'être dans mes petits papiers.

— Bonjour, Luna ! m'accueille-t-il en me tendant ma boisson préférée : un chai latte au lait d'avoine de chez Starbucks. Comment s'est passé le week-end ?

— N'en parlons pas, je réponds sèchement alors que des images que je souhaite oublier viennent me hanter. Pourrais-tu me trouver le dossier sur la fusion, s'il te plaît ? Je crois l'avoir laissé dans un tiroir vendredi avant de quitter mon poste. Je ne me rappelle plus lequel.

Naturellement, l'ayant rangé moi-même, j'en connais l'emplacement exact. Je n'ai toujours pu compter que sur ma petite personne. Je dois cependant maintenant agir en responsable hiérarchique. Bientôt, ce sera plus de dix employés qui dépendront de moi. Je dois m'entraîner. Avant que Kevin ne parte en quête du fameux dossier, je m'enquiers :

— Est-ce que Carla est déjà arrivée ?

— Non, je ne l'ai pas encore aperçue.

— Peux-tu l'envoyer à mon bureau dès qu'elle passera la porte ?

Il acquiesce. Je le laisse reprendre sa besogne. Je dois faire bonne impression pendant la réunion de dix heures. Le directeur responsable de la restructuration débarque aujourd'hui et je dois absolument le mettre dans ma poche. Pourvu que Carla arrive à l'heure. Je ne veux pas marquer de mauvais points.

— Bonjour John, bonjour Katie, je chantonne alors que je passe à côté de mes subalternes.

Je pars m'asseoir à la table située à l'extrémité, tournant le dos aux différents bureaux actuellement vides, mais bientôt occupés par le nouveau manager et son assistante. Une cloison en face de moi me sépare de mes subordonnés. J'arrive néanmoins, si je me penche un peu, à avoir un œil sur l'ascenseur et déceler qui en sort. Je me réjouis de connaître l'allure de notre nouveau directeur. Mais la personne que j'attends surtout de voir apparaître reste Carla.

— Le dossier, Luna, m'informe Kevin en me tendant les documents requis.

Je lève les yeux sur lui. Il me sourit. Je sais que je me trouve en tête de son tableau de chasse. Il peut toujours rêver. L'erreur de ce week-end m'a remis sur le droit chemin. Je mérite bien mieux que cela.

— Puis-je t'assister avec autre chose ? demande-t-il alors.

— Oui, je fais, en retirant un papier du dossier. Peux-tu me photocopier ça en cent vingt exemplaires ? C'est pour la réunion de ce matin. La présentation des nouveaux.

Il me prend la feuille des mains et lit la première ligne :

— Tom Fitzmartin, directeur de la restructuration. J'espère qu'il sera mieux que le dernier, hein ?

— Ouais, je confirme avec une grimace.

Il est vrai que nous ne sommes pas à notre premier essai. Avec tous les magazines de mode sur le marché, notre petite entreprise fait tout juste le poids face à la concurrence. Alors que je venais à peine de mettre mes pieds dans la compagnie, les licenciements ont commencé. Grâce à un travail acharné, j'ai réussi à garder ma place. D'autres moins chanceux, dont certains qui avaient plus de dix ans de boîte, ont perdu leur poste.

Kevin me sort de ma rêverie.

— Je m'en occupe tout de suite.

Je le remercie. Le regardant partir en direction des photocopieuses, je me penche, plus par habitude qu'autre chose, afin de jeter un œil du côté des ascenseurs. Une crinière brune aux mèches blondes ne laisse pas de doute. Je saute sur mes pieds et vais à sa rencontre.

— Carla ! j'appelle alors que je la rejoins.

Malgré le lieu, et surtout par automatisme, je lui colle une bise sur chaque joue. J'en profite pour lui chuchoter à l'oreille.

— Il faut que je te parle.

Je me recule et son œil s'allume, tandis qu'un énorme sourire prend possession de son visage. Avant qu'elle n'ait le temps de répondre quoi que ce soit, je prends le chemin de mon bureau, elle sur mes talons. Là, je m'assois sur ma chaise alors qu'elle pose une fesse sur ma table de travail. Kevin, déçu de n'avoir pas vu

Carla arriver avant moi, apporte déjà un second siège afin de tout de même se rendre utile.

— C'est bon Kevin, je n'en ai pas besoin, nous n'en avons pas pour très longtemps. Je te laisse retourner aux copies.

Alors qu'il repart en sens inverse, Carla, son sourire toujours sur les lèvres, demande :

— Alors ? C'était comment ?

Je la coupe immédiatement :

— Ce n'est pas de cela dont je souhaite te parler et puis ce n'est pas le lieu.

Nous devons, premièrement, traiter de choses bien plus importantes. Ensuite, la nuit passée ne regarde que moi. Et enfin, nous nous trouvons en open space, où des oreilles pourraient surprendre notre conversation. Je demeure malgré tout la responsable de ce service et je ne veux pas mélanger ma vie personnelle avec le milieu professionnel. Quoique… Mes pensées virevoltent vers Anthony. Je secoue la tête pour me remettre les idées en place.

— Allez ! se lamente-t-elle. Je ne t'ai pas vue hier, tu es restée cloîtrée dans

ta chambre toute la journée. Je me suis même demandée si tu t'y trouvais seule. Mais aucun gémissement n'a été entendu, et la porte ne s'est jamais ouverte.
— Carla ! je l'interromps tout en rougissant. Comme je te l'ai dit, ce n'est vraiment pas l'endroit.
— OK, OK, fait-elle en levant ses mains en reddition. Mais ce soir, je veux tout savoir !
— Très bien, j'acquiesce résignée.
Carla affiche un air de contentement, puis reprenant son sérieux, me demande :
— Comment puis-je t'aider ?
— Aujourd'hui a lieu la réunion qui annonce officiellement la fusion. Notre nouveau directeur va nous être présenté. Tu as conscience de l'importance de cette étape, autant pour moi que pour toi. D'ici vendredi, nous obtiendrons une liste finale des personnes qui resteront dans l'entreprise et de ceux dont nous devrons nous séparer. Je ne souhaite pas voir ton nom dans la deuxième catégorie. Qui plus est, je...
Elle attend la suite. Je ne tiens pas à la

blesser, mais il y a des mots qui doivent être dits. Je reprends :

— Je t'ai référé Carla. S'il te plaît, ne me le fais pas regretter. Tu dois montrer bonne figure afin d'éviter tout licenciement. Et je te demande également de ne pas créer d'obstacle qui pourrait freiner mon ascension.

— Pourquoi crois-tu que je me trouve ici à cette heure-là ? me chante-t-elle, aucunement outrée par mes propos. Avec le week-end que j'ai passé, je serais bien restée dans mon lit. Stanislas est venu hier soir et.... mmmmhhhh…

Je n'ai pas besoin de cette information. Je m'y trouvais aussi. Dans l'appartement, je veux dire. Étant colocataire de Carla, j'ai l'habitude d'être le témoin auditif de ses ébats.

— Je suis sérieuse, Carla !

— Moi aussi, me rassure-t-elle. Je te promets, dès aujourd'hui, je deviens une employée modèle. Au moins pour la semaine.

— Ce n'est pas seulement pour moi que je te dis tout ça, j'insiste. Mais également pour toi. Je serais triste de te voir partir.

Ce n'est pas l'entière vérité. Bien que Carla demeure mon amie, ses constantes absences restent un embarras dont je me passerais bien. Enfin… Quand Carla daigne montrer le bout de son nez, ses tâches administratives demeurent soignées. Qui plus est, sa présence apporte un brin de légèreté.

— Oh bella ! Ne t'inquiète pas pour moi, je sais rebondir, me rassure-t-elle.

Ça, je n'en ai aucun doute. La conversation achevée, après avoir confirmé une énième fois qu'elle se montrerait sage et respecterait les horaires, elle se lève et part rejoindre son bureau. Il est neuf heures vingt. Ma réunion avec Anthony Beauchamp a lieu dans dix minutes. Elle va me permettre de connaître la direction que prendra ma carrière. J'ouvre le fascicule qui se trouve devant moi ; le fameux dossier *Fusion*. Je revois les quelques lignes qui parlent de l'entreprise, de son évolution. Ces feuilles-là seront utilisées plus tard. Lors de la grande présentation. Elles résument mon discours. Ce sera ma première intervention en face du nouveau chef et je tiens à immédiatement démontrer mon professionnalisme. Je soulève les papiers et saisis quelques pages tout en bas de la pile. J'y jette un coup d'œil rapide. Pour commencer, quelques phrases décrivent mon parcours dans la société. Je lis entre les lignes. Je connais mon curriculum par cœur. Après avoir exercé un an comme rédactrice, puis deux ans en tant qu'assistante, je me trouve actuellement au poste de responsable. J'ai donné cinq ans de ma vie à cette boîte. Une demi-dizaine d'années où je n'ai pas pris le temps de sortir, de m'amuser ou de rencontrer des hommes. Mais si c'est pour accrocher des mâles du genre de samedi soir, non merci. Je regarde ma montre : neuf heures vingt-huit. Il est l'heure.

Je me lève, remettant les feuilles dans le dossier. Kevin, alerte de mes moindres mouvements, se trouve aussitôt auprès de moi.

— J'ai terminé les copies, confirme-t-il.

— Parfait ! je réponds en saisissant un exemplaire et en le parcourant des yeux. C'est exactement ce qu'il nous fallait. Je te laisse les distribuer à tout le personnel pendant mon absence.

Il acquiesce puis me murmure :

— Bonne chance !

Je n'ai pas besoin de chance. Je la mérite cette promotion. Neuf heures trente. Je me trouve devant le bureau. Steven, le secrétaire d'Anthony, étant occupé ailleurs, je frappe trois coups pour annoncer ma présence.

— Entrez, Luna ! lance Anthony.

J'ouvre puis referme la porte de verre derrière moi.

— Venez vous asseoir, ajoute-t-il en désignant le siège en face de lui.

Je prends place sur le fauteuil en gardant le dossier contre ma poitrine. Il m'observe. Je prends une inspiration et essaye de me détendre. S'il savait l'effet qu'il a sur moi. Finalement, je dépose la fourre sur la table et le regarde droit dans les yeux. Il me sourit et je fonds. Il entame alors la conversation :

— Luna, voilà cinq ans que vous êtes employée dans nos locaux.

J'acquiesce. Il continue :

— Votre travail s'est toujours montré

impeccable. Vous êtes rarement absente. Vous répandez la positivité et possédez un vrai don pour le marketing. C'est grâce à vous que notre magazine a trouvé sa forte identité visuelle. Je suis enchanté de vous avoir parmi nous.
Je rougis.
— Merci… hum… Anthony.
Il me dévoile un autre grand sourire. Les papillons sont de retour alors que mon cœur se met à battre plus fort. Mes mains deviennent moites.
— Vous avez conscience des futurs changements apportés par la fusion, continue-t-il en se levant et me tournant le dos, faisant face à la fenêtre.
Je ne peux m'empêcher de le regarder ; ce dos, mais surtout ces fesses. Miam ! Concentration, Luna ! Il se retourne et je me dépêche de ramener mes yeux au niveau des siens. Il se replace sur sa chaise.
— Premièrement, commence-t-il, nous devrons accueillir de nouveaux collaborateurs. Des fonctionnaires qui ne possèdent aucune garantie quant à la longévité de leur contrat. Puis, nous

devrons procéder au tri parmi notre propre personnel, des employés avec qui nous travaillons depuis plusieurs années, dont certains sont devenus des amis.
Il insiste sur le mot. Je vois où il veut en venir : Carla. Il cherche un signe de ma part et je hoche la tête pour confirmer que j'ai compris ce qu'il attend de moi.
— Vous êtes la première à qui je l'annonce. Cela sera rendu officiel lors de la réunion de dix heures. J'ai enfin obtenu le partenariat pour lequel j'ai travaillé si dur. Je possède la moitié de cette nouvelle entreprise, me révèle-t-il, les yeux brillants.
Je n'aurai jamais eu autant envie de lui qu'en cet instant. L'ambition professionnelle chez un homme m'excite.
— Je vous félicite, Anthony. Vous le méritez amplement.
Je lui souris et il en fait de même.
— J'aimerais vous proposer...
Nous sommes interrompus par un coup de téléphone. Il lève un doigt pour me demander de patienter et attrape le combiné.
— Oui... oh ! Très bien. Dites-lui que je le

rejoins dans une minute.

Il raccroche et se met debout.

— Pouvons-nous reconduire cette réunion à plus tard ? Monsieur Fitzmartin vient d'arriver et je dois l'accompagner dans ses bureaux.

— Bien sûr, je confirme avec un sourire.

Mince ! J'aurais préféré entendre la bonne nouvelle maintenant. Je demande :

— M'autorisez-vous à occuper l'espace quelques minutes, le temps de mettre mes idées au clair ? Je vous rejoindrai à dix heures.

— Mon bureau est le vôtre, plaisante-t-il avec un clin d'œil.

Si tout se passe bien, ce sera en effet le mien dans quelques heures. Je mords ma lèvre inférieure en me disant que j'aimerais qu'autre chose soit à moi. Son corps par exemple. Nos regards s'accrochent un bref instant. Je ne sais pas si c'est mon imagination, mais il m'a semblé voir ses yeux briller un peu plus fort l'espace d'une seconde.

— Je vous retrouve plus tard, ajoute-t-il pour clore cette réunion.

Il sort du bureau afin de me laisser

occuper l'espace. Je serai tranquille ici; pas de Kevin, de John ou de Katie qui pourrait interrompre le cheminement de mes pensées. Je sors les feuilles que j'étale sur la table. Anthony m'a demandé de présenter une rétrospective de la compagnie à nos nouveaux collaborateurs. Le PowerPoint leur dévoilera des choses comme l'ancienneté du bâtiment, les conditions favorables à son emplacement et les différentes activités qu'il est possible d'exercer dans notre merveilleuse ville de Irving au Texas. Bien que ce soit notre société qui ait été rachetée, ils demeurent ceux qui ont tout abandonné, y compris leur magnifique État de Louisiane, pour nous rejoindre. Nous devons leur montrer que cela n'a pas été en vain. Mon discours bien en tête, je regarde ma montre : neuf heures cinquante-cinq. Je me lève et regroupe les documents. Je sors du bureau d'Anthony, prenant une grande inspiration pour emporter un peu de son parfum avec moi. Tandis que je me dirige vers mon cubicule, je me rends compte que la foule a déjà commencé à s'agglutiner, pressée sûrement d'apercevoir notre nouveau chef. Il sera présenté en tant que directeur de la restructuration, mais cela ne m'étonnerait pas que ce soit lui, le second partenaire. Accéder à ma table de travail ne sera pas facile. Je recherche Kevin des yeux et je n'ai pas à attendre longtemps avant qu'il se faufile à mes côtés.

— Le mémo a-t-il bien été distribué à tout le monde ? je demande.
— Oui, me confirme-t-il.
— Très bien.
— Est-ce que la réunion avec monsieur Beauchamp s'est bien passée ?

Il tente d'accrocher mon regard, mais je garde le mien sur le dossier entre mes mains. Je fends la foule, lui à mes côtés. Je rejoins mon bureau et y dépose le précieux porte-documents. Je ne maintiens qu'une feuille : le résumé de mon discours. Je n'en aurai sûrement pas besoin. J'en connais le contenu par cœur. C'est juste au cas où.

— Nous n'avons pas pu terminer notre entretien, je réponds finalement à Kevin.

Anthony devait retrouver monsieur Fitzmartin.

Je vois ses épaules s'abaisser. Il montre de la déception. Je le suis tout autant que lui.

— Encore un peu de patience, je le rassure en le regardant droit dans les yeux et en lui accordant un sourire.

Il devient tout rouge. Je suis chaque fois étonnée de l'effet que je produis sur cet homme.

— Je te laisse rejoindre le groupe. J'arrive tout de suite. Ils vont commencer.

Il hoche la tête, ne pouvant rien faire d'autre, encore sous l'effet de mon sourire dévastateur. Puis, il se dirige vers la foule.

J'entends les premiers mots d'Anthony :

— Je vous souhaite à tous la bienvenue. Je tiens à ce que vous vous souveniez de cette journée comme celle qui marque le départ d'un nouveau chapitre dans l'histoire de notre compagnie. Nous allons passer la prochaine heure à vous expliquer ce que cette fusion implique et la vision que nous avons pour le futur quant à la réussite de ce magnifique partenariat.

Tandis qu'Anthony Beauchamp continue son discours dont je connais les principaux détails, je commence à fendre la foule pour le rejoindre. Je cherche Carla des yeux. Je l'aperçois un peu plus loin, assise sur le coin d'un bureau. Je n'avais pas fait attention à sa tenue lorsqu'elle est arrivée, trop stressée par ma réunion avec Anthony. Elle porte une jolie robe moulante blanche aux longues manches et à la jupe très courte. Le décolleté plongeant laisse apparaître sa magnifique poitrine. Elle a agrémenté sa toilette d'un foulard bleu marine et blanc avec des touches de rouge et de jaune. Ses cheveux ont été tirés en une queue de cheval stricte, mais classique. Elle est parée de chaussures Christian Louboutin bleu marine, sa marque préférée. Je ne les avais jamais vues. Sûrement un cadeau de l'un de ses prétendants. Carla croise mon regard. Elle me fait un signe de la main, me sourit, puis me murmure un « bonne chance ». Je lui retourne ce qui ressemble plus à une grimace, tellement je suis stressée. Je prends une grande inspiration alors que j'entends les paroles d'Anthony Beauchamp :

— Pour vous donner une meilleure présentation de notre compagnie, je vous invite à accueillir Luna Torrès.

Je m'avance afin de dépasser les derniers collègues qui me barrent le chemin. Je jette un œil sur le document dans ma main, pour me remémorer certains détails. Parvenue au milieu, je lève alors les yeux sur Anthony. Puis, mon regard se tourne lentement vers le nouveau directeur que je découvre enfin.

— Shit !

Le mot franchit mes lèvres comme un boulet de canon. Je lâche le résumé de mon discours qui s'envole plus loin. Un silence gêné remplit la salle. Mes joues rosissent tandis que j'essaye tant bien que mal de chasser les images de samedi soir, soudainement envahissantes ; son corps mou au-dessous de moi, son pénis dans ma bouche, son attitude machiste. Je ne peux détacher mes yeux des siens. Il fronce les sourcils. Je tente de retrouver mon flegme en me raclant la gorge.

— Hum... Excusez-moi.

Heureusement, la dévotion de Kevin se

montre telle qu'il a déjà ramassé le papier contenant le résumé du discours pour me le tendre. Je baisse mon regard afin de le décrocher de l'homme se trouvant en face de moi et que j'ai rencontré un peu trop tôt. Pourquoi a-t-il fallu que ce soit lui ? Je prends une grande inspiration et je commence ma présentation :

— Notre compagnie a été fondée en…

La réunion terminée, Carla se précipite vers moi.

— Que s'est-il passé ? me questionne-t-elle alors que je suis affalée à mon bureau, la tête posée sur celui-ci.

— C'est lui ! je dis.

— Lui qui ? me demande-t-elle, en tendant le cou pour observer les nouveaux employés qui ont intégré notre firme.

— Le mec du bar, celui avec qui je suis rentrée samedi soir, je réponds en gardant mon front contre ma table de travail.

— C'est lequel ? ajoute-t-elle encore, se levant complètement cette fois, curieuse. Le blond, là ? Non, pas ton genre. Le noiraud ?

Je redresse la tête et lui agrippe le bras afin de la forcer à se réinstaller sur mon coin de bureau. Puis entre mes dents, je chuchote :

— Tom Fitzmartin.

Elle ouvre grand les yeux.

— Tu t'es tapée le boss ?

Après une seconde, voyant que je ne réagis pas, elle éclate de rire.

— Oh my gosh ! Ahahahah ! Si je m'étais doutée que tu serais capable de quelque chose comme ça ! Et alors ? C'était comment ?

Je place ma tête entre mes mains, la secouant, espérant que ce n'est qu'un horrible cauchemar.

— C'était… je commence dans un souffle.

Nous sommes interrompues par le secrétaire d'Anthony. Il s'adresse à moi :

— Mademoiselle Torrès, monsieur Beauchamp vous attend dans son bureau.

Carla me regarde avec de la malice dans les yeux :

— N'imagine pas t'en tirer ainsi. Nous en reparlerons ce soir. Je veux tous les détails.

Je la quitte là, sans prendre le temps de répondre, et je suis l'assistant jusqu'à notre responsable hiérarchique. Il frappe deux coups, puis en ouvrant la porte et en se décalant pour me laisser passer, annonce :

— Monsieur Beauchamp, voici mademoiselle Torrès.

— Merci, Steven.

Anthony, assis derrière la table, n'est pas seul dans son bureau. Tom Fitzmartin se tient debout devant la fenêtre, le regard dirigé au loin.

— Luna, je vous remercie de nous avoir rejoints aussi vite, me dit-il en désignant à nouveau le siège en face de lui.

— C'est normal, j'ajoute simplement, mes yeux fixés sur le dos de l'homme avec qui j'ai couché.

Il me semblait plus gras dans mon souvenir. Anthony suivant la direction de mon regard se tourne vers son associé.

— Tom, je ne vous ai pas officiellement présenté mademoiselle Torrès.

Il se retourne en affichant un visage sérieux.

— Ravi de vous revoir, mademoiselle.

Je m'empourpre alors que je serre la main qu'il me tend. Mon regard va de lui à Anthony, puis d'Anthony à lui. Mon boss a été mis au courant. Je ne connais pas les détails de leur discussion, mais il sait que nous nous sommes déjà rencontrés.

— De même, je réponds dans une petite voix.

Je lâche ses yeux froids pour retrouver ceux bleus et chaleureux d'Anthony Beauchamp. Comment ai-je pu me laisser séduire par cet individu ?

— Luna, à la suite de quelques informations obtenues aujourd'hui, je suis au regret de vous annoncer que je ne peux vous proposer le poste de responsable des ressources humaines.

Une pierre tombe au fond de mon estomac. C'est lui, c'est sa faute.

— Je ne comprends pas, je balbutie.

— Il se trouve... hum...

Il se tourne vers Tom Fitzmartin qui hoche la tête.

— ... qu'il y aurait une incompatibilité de caractère avec le management supérieur.

Autrement dit, c'est l'autre abruti qui me plante des bâtons dans les roues, tout ça parce que je n'ai pas voulu simuler au lit.

Anthony se tient à nouveau face à moi. J'aperçois de la peine dans son regard.

— Je suis désolé si mon discours de tout à l'heure vous a mis sur la mauvaise voie.

Je suis anéantie. Je reste quelqu'un de sérieux, je ne couche pas à droite à gauche. Je rêve d'une relation stable, peut-être même avec l'homme en face de moi. Je me raidis. Est-ce qu'en plus d'avoir saboté ma carrière, il a détruit la chance que je puisse un jour partager le lit ou la vie de cet homme ?

— Luna ?

La voix d'Anthony me sort de mes songes. Je me remets à respirer, ne m'étant pas rendu compte que j'avais retenu mon souffle jusque-là. On frappe à la porte. Cela me permet de reprendre mes esprits et de tenter de trouver quelque chose à lui répondre. Une tête blonde apparaît en même temps que le téléphone sonne. Anthony décroche :

— Oui, Steven ? Oui, en effet, je vois

que Carla vient de passer la porte. C'est tout bon, ne vous inquiétez pas. Bonjour, mademoiselle Dimitriov ! salue-t-il en reposant le combiné. Entrez seulement !

— Oh ! fait-elle en nous apercevant Tom, Anthony et moi. Je suis désolée, je ne pensais pas déranger une importante réunion. Il arrive à Luna de travailler ici parfois, je...

Elle pénètre totalement dans le bureau. Je me tourne vers Tom afin de voir sa réaction. Complètement subjugué par les photos de ma colocataire, il a enfin l'occasion de la rencontrer en personne. Mon regard passe de ses yeux à son entrejambe qui semble soudain un peu trop serré. L'homme apparaît on ne peut plus excité.

— Ce n'est pas grave Carla. Luna se trouve toute à vous. Nous venons de terminer.

Le coup de massue. Je n'ai pas obtenu ma promotion. Alors que je me lève, Tom s'avance :

— Une seconde, ajoute le nouvel associé en me fixant, puis en se tournant vers Anthony. Peut-être pourrions-nous laisser une chance à mademoiselle Torrès. Tout bien considéré, et selon vos dires Anthony, elle a démontré un travail sans faille.

— Que proposez-vous ? lui demande ce dernier avec un brin d'espoir dans la voix.

Le partenaire de la firme se retourne vers moi :

— Mademoiselle Torrès, la situation semble loin d'être idéale, j'en conviens. Notre première rencontre fortuite ne nous a peut-être pas permis de nous connaître vraiment. J'aimerais observer votre manière de fonctionner. Peut-être pourrions-nous vous donner ce poste de responsable à l'essai. Partons sur trois mois. Qu'en dites-vous, monsieur Beauchamp ?

— Très certainement, fait-il, soulagé.

Je ne sais plus quoi penser. Mon regard passe de l'un à l'autre. Tom ajoute :

— Mademoiselle Torrès, je vous laisse patienter dans mon bureau. J'aimerais vous toucher un ou deux mots concernant votre nouveau cahier des charges. Félicitations ! ajoute-t-il. J'aurais besoin, avant cela, de quelques minutes avec mon partenaire, si vous le permettez.

Puis s'approchant de Carla qui attend toujours à la porte, il balbutie :

— Je suis ravi de faire votre connaissance, mademoiselle ?

— Dimitriov, répond-elle avec un grand sourire.

— Mademoiselle Dimitriov, reprend-il comme dans un roucoulement. Je demeure persuadé que nous ne sommes qu'au début d'une très belle collaboration.

Alors que je quitte le bureau de mon chef, la tête remplie de questions et d'émotions en tout genre, une certitude s'impose : Carla ne figure pas sur la liste des futurs licenciés.

Chapitre 3

La négociation

Lorsque Tom Fitzmartin daigne enfin lâcher la main de Carla, j'accompagne cette dernière de l'autre côté de la porte vitrée. Je l'attrape aussitôt par le bras, afin qu'elle me suive en direction de mon bureau.

— C'est ta faute tout ça ! je lui lance.

Je ne devrais pas lui en vouloir. Ce n'est pas elle qui a bu à n'en plus pouvoir, qui a ramené chez elle un homme qui ne lui plaisait pas plus que ça, qui a couché avec lui et l'a jeté dehors comme un malpropre. Non, ce n'est pas sa faute. Mais j'ai besoin d'un coupable. Et si elle et Tybalt ne s'étaient pas immiscés dans mon cerveau avec leurs phrases : « ton vagin est rempli de toiles d'araignées », rien de tout ça ne se serait passé. J'aurais obtenu ma promotion sans temps d'essai.

— Tu te montres injuste, argumente-t-elle en s'arrêtant sur place. Il me semble qu'à la suite de mon impromptue apparition, je viens plutôt de te sauver les fesses.

Je me retourne vers elle :

— Aurais-je loupé un détail ?

Elle me toise, croisant les bras sur sa poitrine.

— Je pense que tu seras vite fixée. Je t'attends ce soir, à la maison, avec du champagne et du chocolat sous forme d'excuses. Tu sais lesquels je préfère.

Elle me plante là sans un autre mot. Je la suis un instant du regard, essayant de démêler ses propos, puis je me dirige, seule, vers ma place de travail. Le bureau de Tom se trouvant juste derrière moi, ce dernier devra passer près de moi pour le rejoindre, je le verrai donc arriver. Je n'ai pas à attendre deux minutes pour que Kevin se présente à mes côtés.

— Alors ? demande-t-il. Qu'ont-ils dit ?

Je décide de relâcher ma frustration sur mon assistant :

— Tu savais qu'Anthony ne se trouvait pas seul dans son bureau ?

Il se décompose.

— Euh oui. Je suis désolé, Luna. J'aurais…

Je le coupe dans sa phrase.

— Oublions ça ! j'ajoute sèchement. Je dois me rendre à une réunion dans quelques secondes avec notre directeur de la restructuration. Nous parlerons plus tard. Je n'ai pas encore cerné toute la nature de mon nouveau rôle.

— Tu as obtenu la promotion ? lance-t-il alors en écarquillant les yeux.

— Tu as l'air étonné.

Il pique un fard :

— Non… non… C'est juste que tu as passé tellement de temps avec eux et lorsque tu es sortie, tu semblais… hum… furax, avoue-t-il quelque peu gêné.

Je me détends d'un seul coup. Kevin ne

se trouve pas responsable de la situation.

— Mademoiselle Torrès ?

Tom vient d'arriver. Je lève les yeux sur lui. Il regarde autour de moi comme s'il cherchait quelque chose, ou quelqu'un. Puis, ne repérant pas l'objet de son désir, il ajoute :

— Veuillez me suivre dans mon bureau.

Je l'accompagne sans attendre. Il ouvre la porte, me laisse passer, et la referme derrière lui. Il tire une chaise pour que je puisse m'y asseoir. Je suis surprise par sa galanterie. Il ne m'avait pas laissé l'impression d'être ce genre d'homme. Ce qu'il va me demander va certainement éclaircir la raison de son attitude. Une fois installé en face de moi, il commence :

— N'y allons pas par quatre chemins.

J'acquiesce.

— Luna, notre altercation de samedi soir, je suis disposé à passer l'éponge dessus. Nous sommes adultes.

Il marque une pause en me jaugeant du regard, puis reprend :

— À travers les mots de monsieur Beauchamp, j'ai pu apercevoir votre grande valeur. J'ai pris la décision de ne pas bloquer votre évolution professionnelle. Je reste néanmoins nouveau dans cette entreprise. Il me faudrait quelqu'un qui m'aide à offrir une bonne image auprès des anciens employés.

J'essaye de comprendre le fond de sa pensée. Un manager n'a pas besoin d'être apprécié par ses subalternes pour faire un excellent travail. Il y a quelque chose, un détail que je ne parviens pas à saisir. C'est comme ces mots qu'on cherche, mais qui persistent à rester sur le bout de la langue.

— Qu'attendez-vous de moi ? je demande de but en blanc.

— Je souhaiterais que vous soyez mon alliée. Puis-je compter sur vous ?

Je n'ai de toute façon pas le choix. J'ai travaillé trop dur pour être abandonnée sur le banc de touche. Ma carrière reste tout ce que j'ai dans la vie.

— Naturellement, je confirme en forçant un sourire.

— Très bien.

Après un autre temps de pause, il ajoute :

— Afin de commencer à tisser de

bonnes relations avec mes nouveaux employés, pouvez-vous me parler de...

Il sort une feuille de son tiroir et en parcourant la liste du doigt s'arrête sur un nom en particulier :

— Ah ! fait-il. Carla Dimitriov.

Il lève les yeux sur moi. Ses pupilles sont dilatées. Son regard descend sur ma poitrine, puis remonte pour me fixer à nouveau. Il imagine certainement les seins de ma colocataire en scrutant les miens. Un déclic se déclenche dans ma tête alors que les paroles de Carla me reviennent en mémoire : « je viens plutôt de te sauver les fesses ». Tom m'a donné le job dans l'unique intérêt d'obtenir des informations sur Carla. Quelle idiote je suis ! Je sens une bouffée de chaleur s'emparer de moi.

— Je croyais que nous devions nous montrer honnêtes ?

Il affiche un air surpris. Puis, retrouvant un visage impassible, recule sur son siège, portant sa main à son menton :

— Je vous écoute.

— Tout ce que vous souhaitez c'est vous rapprocher de Carla.

J'inspire un grand coup sachant que la suite va se montrer à double tranchant.

— Tu penses que je ne me souviens pas de tes yeux illuminés lorsque tu as trouvé sa photo dans mon appartement. Sans parler de ce qui se passe dans ton pantalon à l'heure actuelle juste à parler d'elle.

J'ai usé le tutoiement en connaissance de cause. Je nous place par ce fait au même niveau. Il n'y a plus de hiérarchie. Un énorme sourire prend place sur son visage.

— Je suis surpris que tu saches utiliser ton cerveau. Très bien, confirme-t-il. Je souhaiterais que tu me présentes à ta colocataire sous mon plus beau jour.

Cela va s'annoncer difficile, je pense pour moi-même.

— Discutons des conditions, j'ajoute.

Je n'aime pas le fait d'utiliser Carla comme un objet de marchandage. Je lui en parlerai tout à l'heure. J'espère qu'elle acceptera de jouer le jeu. Il faut absolument que je raccourcisse le temps d'essai, pour ma santé mentale.

— Quelles conditions ? demande-t-il,

surpris.

Je m'avance et pose mes mains sur son bureau afin de porter mon regard au niveau du sien.

— Pour commencer, la période probatoire va durer uniquement un mois.

Il ouvre la bouche pour protester, mais je lève un doigt pour l'interrompre.

— Carla étant ma meilleure amie, elle sera également mise au courant de la situation.

Il fronce les sourcils et s'apprête encore une fois à parler.

— Je n'ai pas terminé, je lance. Je n'apprécie pas que mon avancement se trouve sur la sellette pour une simple histoire de fesses. Je vais donc discuter avec Carla des conditions. Je te ferai savoir, demain, combien de rendez-vous elle accepte de t'octroyer. Si, à la suite de ce mois de probation, tu n'as pas conclu, tu ne pourras t'en prendre qu'à toi-même. Tu laisseras alors ma carrière en dehors de tout ça. Et enfin, j'ajoute pour terminer cette discussion ridicule, tu vas m'accorder mon après-midi ainsi que celui de Carla afin que nous puissions nous entretenir sur le sujet de cette réunion.

Il me regarde comme s'il me découvrait pour la première fois. Un demi-sourire se pose sur ses lèvres.

— Je vous avais sous-estimée, me confie-t-il en repassant au vouvoiement. Très bien. J'accepte.

Puis en se levant pour me signaler qu'il est temps de partir :

— Je vous attends dans mon bureau, demain à la première heure.

J'acquiesce puis sors de la salle sans un autre regard en arrière. Je ne retourne pas tout de suite à ma table de travail et prends à la place la direction des toilettes. Je pousse la porte principale et me rends vers la première cabine vide. Là, je m'assois sur la cuvette après en avoir descendu le couvercle. Je mets ma tête entre mes mains. Comment cette journée pourrait-elle empirer ? Mais quel connard ! Pourvu que Carla marche dans la combine. Il suffit qu'elle le fasse patienter un mois. Si elle souhaite coucher avec lui par la suite, cela la regarde. Je prends mon téléphone

portable et compose un message adressé à Tybalt. J'ai besoin de son avis sur la question. J'écris simplement : SOS. Il saura que c'est important. Il devrait m'appeler dans la minute qui suit. En effet, quelques secondes plus tard, ça sonne :
— Tybalt ?
— Ciao, bella ! Que se passe-t-il ?
— On peut se voir à Starbucks. Je ne souhaite pas parler ici.

Il sent la tension dans ma voix et répond aussitôt.
— Bien sûr. Je t'y retrouve dans trente minutes, ça te convient ?
— Nickel ! Merci, tu es un ange.
— Je serai toujours là pour toi.

Il raccroche. Je me lève alors, m'extirpe de la cabine, vais me laver les mains, car j'ai quand même touché la cuvette, puis sors des toilettes. Kevin m'attend à l'extérieur. Forcément, il m'a vue y entrer.
— Kevin ! je fais, surprise. Peux-tu demander à Carla de venir à mon bureau, s'il te plaît ?
— Bien sûr, Luna, je m'y attelle de suite.

Il me laisse là alors que je me dirige

vers ma table de travail. Il ne faut pas dix secondes avant que Carla ne pointe le bout de son nez.

— Alors ? questionne-t-elle en posant une fesse sur le coin de mon bureau comme à son habitude.

— Peux-tu me confirmer la marque de ton champagne préféré ? je demande.

Elle m'offre un de ses plus beaux sourires. Je continue :

— Monsieur Fitzmartin nous a donné notre journée. Hum…

Je la vois lever un sourcil, intriguée. Pour une fois, elle ne m'interrompt pas et attend la suite.

— Voici ma carte de crédit.

Je la lui tends.

— Achète-toi le chocolat et le champagne que tu souhaites. Je te retrouve dans une heure à Starbucks. Nous devons parler.

Elle me fixe de ses immenses yeux verts, cherchant dans les miens les réponses à ses questions. Mais elle se contente, pour le moment, d'acquiescer et de se lever. Alors que je la regarde partir, j'ajoute :

— Seulement du champagne et des

chocolats Carla, rien d'autre.
Elle se retourne sur moi, un grand sourire sur les lèvres. C'est sûr qu'elle ne s'arrêtera pas là. Cependant la contrepartie demandée vaut bien un petit extra. Je saisis alors ma veste et me dirige vers l'ascenseur. Avant d'y arriver, je stoppe vers le bureau de Kevin.
— J'aimerais te voir demain à dix heures. Tu n'as pas besoin de venir avant. Pour aujourd'hui, je te remercie de gérer le service. S'il y a quoi que ce soit qui requiert mon attention et dont tu ne peux pas t'occuper, remets-le à demain, d'accord ?
Il acquiesce. Puis, hésitant :
— J'ose te demander ce qui a été dit concernant ton avancement ? Qu'est-ce que je deviens ?
Je lui souris :
— On en parlera pendant notre réunion.
— Très bien.
Il se lève afin de me donner ma veste et ajoute :
— Passe une bonne journée, Luna.
— Merci, je lui réponds avec un sourire.
Je le regarde s'affairer alors que les

portes de l'ascenseur s'ouvrent et se referment sur moi.

Lorsque j'arrive à Starbucks, celui situé à l'est de la ville, notre café de prédilection, Tybalt m'attend déjà. Il se lève à mon approche et me colle une bise sur chaque joue. Il a commandé nos boissons et a pris l'initiative de les accompagner d'une tranche de cake au citron.

— À entendre la tension dans ta voix, je me suis dit qu'il te fallait un peu de douceur.

— Merci...

J'enlève ma veste que je dépose sur le dossier. Puis, levant mon regard sur lui, je crache :

— Tybalt, c'est une catastrophe !

Il pose une main sur mon bras, inquiet.

— Qu'est-ce qui se passe, bella ?

— Tu te souviens de samedi soir ? Ton anniversaire ?

— Hum hum, ajoute-t-il en m'invitant à continuer.

— Tu te rappelles que je... hum... suis rentrée accompagnée.

Un sourire s'étale à présent sur son

visage.

— Oui, tu avais d'ailleurs, à mon goût, pêché un très beau spécimen. Il ne se trouvait cependant pas dans tes critères de sélection habituels.

Il me connaît tellement bien. Je hoche la tête pour confirmer, puis je rajoute :

— Je l'ai ramené chez moi. Et alcoolisée et chaude comme j'étais, eh bien... nous avons couché ensemble.

Il acquiesce. Je continue :

— Une des pires baises de l'histoire. Je me serais honnêtement contentée du physique. Même si son corps aurait mérité un peu de musculation, son membre demeurait joli et de belle proportion. Par contre... Dès qu'il a ouvert la bouche... Un mufle ! Il s'est mis à baver sur les photos de Carla et à parler de plan à trois. Puis il a conclu en me demandant si j'étais frigide. Bref, une fois qu'il a joui, me laissant sur ma faim, je l'ai jeté dehors. J'étais tellement énervée que je n'ai même pas eu envie de me faire jouir seule.

— Okay, les coups foireux, ça existe, argumente-t-il. On aurait pu organiser une soirée commérages et en discuter ensemble. Je ne comprends pas le SOS…

— C'est mon nouveau boss ! je le coupe dans un souffle.

— Quoi ?

J'inspire fortement :

— Tu te souviens que notre compagnie a été rachetée par le monstre *Paperwork* et que nous fusionnons cette semaine ? Tu te rappelles aussi que c'est l'occasion pour moi d'enfin obtenir un poste à ma hauteur ?

Il acquiesce.

— Eh bien, le directeur de la restructuration c'est lui : le mec que j'ai baisé et que j'ai jeté à la porte.

Tybalt ouvre grand les yeux puis éclate de rire.

— Ce… n'est… pas… drôle… je siffle, entre mes dents.

— Hum… Excuse-moi, termine-t-il en essuyant une petite larme. Tu admettras que la situation se trouve des plus cocasses. Je m'attends à ce genre de chose de Carla, pas de toi.

— Je t'assure que je m'en serais bien passé.

— Donc, raconte-moi la suite !

— Avant ou après avoir balancé un gros *shit* au milieu des employés alors que je venais de le reconnaître ?

Cette fois, je souris et Tybalt en fait de même.

— Reprends depuis le début.

Je lui conte alors comment l'entretien avec Anthony allait dans la bonne direction et qu'il se montrait sur le point de me donner le job que je convoitais. Je n'omets pas les détails sur la tenue de mon boss et comme chaque regard de lui m'a fait mouiller ma petite culotte. Puis arrive la présentation, et je termine enfin par détailler le meeting qui a succédé en compagnie des deux nouveaux partenaires.

— C'est quand il a vu Carla entrer qu'il est intervenu pour changer son point de vue. Il allait briser ma carrière pour une simple histoire d'égo. J'espère qu'Anthony ne connaît pas la vérité sur notre rencontre.

— T'en pinces toujours pour lui, hein ?

— Tu l'as déjà rencontré. Tu sais…

Tybalt est souvent invité aux soirées

d'entreprise.

— Oui, et je n'ai jamais compris, ajoute-t-il avec un clin d'œil.

Je bois une gorgée de mon chai latte et mords dans mon cake. Puis, je poursuis :

— Tom m'a ensuite convoquée dans son bureau pour, soi-disant, discuter des détails de mon nouveau travail. Mais j'ai très vite saisi qu'il s'agissait de marchandage et j'ai pris les devants.

Tybalt me regarde, curieux :

— Continue, ça m'intéresse.

— J'ai agi en fonction de moi, Tybalt. Je n'ai pensé à personne d'autre.

J'inspire un grand coup :

— J'ai réussi à descendre le temps d'essai de mon job, en échange de… Carla.

Il se redresse, confus.

— Que veux-tu dire par : en échange de Carla ?

— Tom souhaite coucher avec elle. Et j'ai conclu un marché avec lui. Je ferai mon possible pour le présenter sous son plus beau jour et organiser des rendez-vous avec ma sublime colocataire en échange du poste que je convoite.

— Wouah ! Je suis impressionné ! avoue-

t-il en partant à nouveau en éclats de rire.
— Je suis un monstre oui... et une pimp !

Je prends ma tête entre mes mains. Tybalt se rapproche et m'enserre de ses bras dans un geste compatissant.

— Est-ce que tu as mis Carla au courant ?

— Elle va l'être très bientôt. Dans sept minutes, je précise en regardant ma montre. Elle nous rejoint ici.

— Ça me rend tellement heureux de pouvoir assister au spectacle, conclut-il.

Puis, retrouvant son sérieux, il m'offre quelques paroles réconfortantes :

— Ça aurait été n'importe qui, ça ne serait jamais passé. Mais nous parlons de Carla. Elle t'adore. Elle va prendre ça comme un défi. Par contre, il va te falloir demander une énorme augmentation. Elle va te le faire payer.

— Une proxénète... Je suis devenue une proxénète....

Je lève la tête et regarde Tybalt dans les yeux. Ne pouvant plus nous retenir, nous partons alors tous deux dans un éclat de rire. C'est ce moment-là que choisit Carla pour passer la porte du café, des sacs plein les bras.

— Oh Tybalt ! Tu as aussi été invité ?

Je tends la main pour récupérer ma carte de crédit alors que Carla pose ses multiples achats à nos pieds.

— Je me suis un peu laissée emporter, ajoute-t-elle simplement dans un sourire.

— Assieds-toi, je lui ordonne sans autre cérémonie.

— Ouh là… Ça semble sérieux.

Son regard passe de ma personne à Tybalt. J'observe également ce dernier. Un sourire s'étale sur tout son visage. Il se montre fin prêt pour ce qui va suivre.

— Alors ? demande-t-elle.

— Tu avais raison, je commence.

Il faut toujours brosser les gens dans le sens du poil lorsque l'on s'apprête à annoncer une mauvaise nouvelle. Cela s'appelle *la méthode sandwich*. On entame la discussion en parlant de la bonne nouvelle en premier. On enchaîne ensuite avec l'info principale, généralement négative. Enfin, on termine sur une note plus positive. Je connais Carla. Elle souhaitera certainement marchander. L'anxiété me gagne soudainement quant à la finalité de cette discussion. Je continue :

— Tom Fitzmartin te veut dans son lit.

— Oh my ! fait-elle. Je ne l'aurais jamais soupçonné.

Elle me fait un clin d'œil. Je prends une grande inspiration et entreprends de tout lui raconter. Elle écoute. C'est l'une de ses qualités. Lorsque la situation le demande, elle sait se montrer attentive. Je lui parle de samedi soir, du job presque obtenu, puis de l'arrangement. Elle ouvre des yeux immenses.

— Je suis impressionnée, souffle-t-elle.

— C'est exactement ce que j'ai dit, rigole Tybalt.

Carla reprend :

— Donc comment imagines-tu les choses ?

— Hum... Je pensais que tu pourrais le rencontrer deux, trois fois par semaine. Et... euh... même si tu n'aimes pas trop attendre, si tu pouvais... hum... l'obliger à patienter. Le mois doit absolument s'écouler et la probation se terminer. Ensuite, si tu souhaites coucher avec lui, cela te regarde. Ne le plante juste pas avant que j'aie officiellement obtenu ce poste.

Je la vois réfléchir. Je vais également devoir mettre quelque chose sur la table. J'attends juste de connaître le montant de la facture.

— Tu payeras le loyer toute seule pendant six mois, marchande-t-elle.

Je n'en attendais pas moins. Elle ne s'arrêtera cependant pas là. Je patiente pour entendre la suite de ses revendications :

— J'aimerais te faire connaître ma façon de vivre. Je vais t'emmener en soirées et te présenter des hommes. Pendant ce mois, tu m'appartiens.

Je ne m'y étais pas préparée. Je ne me trouve néanmoins pas en position de refuser.

— Très bien, argumenté-je. Nous descendons le loyer à un trimestre et je t'accompagnerai pendant trente jours. Cependant…

Je lève le doigt, sentant déjà ses protestations arriver.

— Cependant, tu m'accordes cette semaine afin de me laisser terminer le travail en cours. Dès vendredi soir, je suis à toi.

Elle réfléchit puis me présente sa main dans un geste solennel :

— Deal ?

Je tends la mienne et nous scellons le pacte :

— Deal !

Je me retourne alors vers Tybalt, celui-ci est en train de composer un numéro de téléphone sur son portable. Il met ensuite l'appareil à l'oreille.

— Mon ange, oui, c'est moi. Je suis désolé de te déranger. C'est juste pour te dire que je serai occupé avec les filles pendant trente jours, donc annule tous mes rendez-vous. Je te raconterai.

Alors qu'il raccroche, un échange de regards suffit et nous éclatons tous les trois de rire.

Chapitre 4

♥

Le premier rencard

Dans quoi me suis-je embarquée ? Je me doutais que Carla n'en resterait pas là. Je n'avais juste pas imaginé les dégâts infligés à mon compte en banque. Certes, notre accord demeure valide. Nous n'avons pas eu besoin d'effectuer d'autres compromis. Mais mener sa vie à sa manière signifie apparemment remplacer la totalité de ma garde-robe. En plus de payer seule le loyer, voilà que mon argent termine dans les caisses enregistreuses des boutiques de luxe. Heureusement que ma négociation de salaire avec Tom s'est bien passée. La rencontre suivante avec Anthony Beauchamp s'est montrée des plus comiques. Comment ai-je réussi à réduire mon temps de probation tout en obtenant une telle augmentation ? Il m'a semblé voir un brin de fierté dans le regard de mon boss. Une chose reste sûre, ce qui a été dit entre Tom Fitzmartin et Anthony Beauchamp n'a pas affecté mes relations avec ce dernier. Tom s'est montré professionnel et je l'en remercie.

Assise devant les cabines d'essayage, j'attends patiemment que Carla fasse la sélection des tenues, dont celle que je mettrai demain soir. Première nuit à la mode Carla. Nous sommes déjà jeudi et malgré la quantité de travail en suspens pour boucler la semaine, je suis parvenue à terminer mon boulot à l'heure. Raison de ma présence ici. J'aurais cependant souhaité que les jours s'écoulent moins vite. Pas uniquement pour retarder le début du pacte que j'ai passé avec Carla, deal qui me permettra de rencontrer une petite dizaine d'hommes, mais aussi parce que j'aurais aimé pouvoir accorder plus de temps à une vingtaine de collègues dont nous nous sommes séparés. Des personnes que je connais depuis des années, avec qui j'ai partagé des repas, dont j'ai fêté les anniversaires, des vies dont j'ai appris les moindres détails. Cela fait malheureusement partie du jeu. Entre ceux qui sont restés et les nouvelles recrues de la compagnie, notre entreprise compte maintenant deux cents employés. Mon travail, à présent, consiste à gérer chaque chef d'équipe, en plus de toutes mes autres tâches quotidiennes. Celles-ci se trouvent d'ailleurs étroitement liées au cahier des charges d'Anthony Beauchamp. Des papillons commencent à virevolter dans mon estomac. Je dois absolument parvenir à mettre ce béguin de côté. Il est mon boss. Avec Tom dans les alentours, tout espoir d'une quelconque relation avec Anthony a, de toute façon, été anéanti.

— Voilà la sélection ! me chante une Carla rayonnante. Maintenant, file dans la cabine. Je veux voir chacune de ces tenues sur toi, est-ce bien clair ?

Je prends une grande inspiration, tente d'afficher mon plus beau sourire et me lève pour saisir la pile de vêtements. Nous allons en avoir pour un moment.

— Ne fais pas cette tête, me gronde Carla. C'est normalement supposé te faire plaisir. Te rends-tu compte du nombre de nanas qui souhaiteraient se trouver à ta place ? Avoir à leur côté une conseillère avec une telle expertise ?

Carla est le genre de femme sur qui non seulement les mecs, mais aussi les autres filles se retournent. Ses tenues n'en sont pas la seule raison. Elle irradie une confiance en elle et une sexy attitude qui font tourner plus d'une tête. Les hommes la désirent, les femmes l'envient ou la jalousent. Dans tous les cas, elle ne laisse jamais qui que ce soit indifférent.

Je me déshabille en ne gardant que mon string et mon soutien-gorge et j'enfile la première robe couleur jaune tournesol que Carla a choisie. La jupe volante descend jusqu'au-dessus du genou. Le haut est constitué de deux pans de tissus qui se rattachent autour de la nuque, offrant la vue la plus plongeante que j'ai jamais eue sur ma paire de seins. Je décide de sortir afin de montrer à Carla que cela n'ira absolument pas, on ne perçoit que mon soutif. Ce n'est pas du tout esthétique. Elle m'attend déjà, un nouveau sous-vêtement dans les mains. Je ne prononce aucun mot. Je saisis le vêtement qu'elle me tend, de rage, et retourne dans la cabine.

— Je me doutais que tu commencerais par celle-là, rit-elle.

Comment savait-elle ? Je n'ai pas à poser la question qu'elle ajoute :

— Lorsque tu es poussée dans tes retranchements, tu agis toujours à l'opposé de tes habitudes. Cette tenue n'aurait jamais fait partie de ta garde-robe si je ne te l'avais pas proposée, argumente-t-elle.

— Hum… hum, je réponds.

Une fois le soutien-gorge changé, qui sont en fait deux simples patchs à coller, je sors afin de dévoiler ma silhouette à Carla. Son œil s'illumine aussitôt et un grand sourire s'empare de son visage.

— Wow ! s'exclame-t-elle.

Je me mets face au miroir et observe l'inconnue qui apparaît en face de moi. Je ne me reconnais pas. Je me retourne, hésitante :

— Je ne sais pas Carla, je fais en tirant sur les pans de tissu pour cacher un peu plus de ma poitrine.

— Ne vois-tu pas à quel point tu es superbe ?

Elle m'attrape par les épaules afin de me faire pivoter et me retrouver à nouveau en face de ma réflexion. Elle se place derrière moi :

— Regarde-toi ! Tout ce sport que tu pratiques sert bien à quelque chose. En plus, tu as la chance de posséder des seins naturels magnifiques, tu devrais les mettre plus en avant.

Elle pose un de ses ongles parfaitement manucurés sur son menton et me contemple de haut en bas. Alors, elle balance simplement, comme si c'était une évidence :

— Prochaine étape : coiffeur !

— Non Carla ! Ça n'était pas dans le contrat. Tu sais le temps qu'il m'a fallu pour trouver la longueur et la coupe idéale.

Elle me jette un de ces regards qui vaut mille mots. Elle me parle alors comme à un enfant à qui on donnerait une leçon :

— Premièrement, tu as promis que tu m'offrais un mois en mode Carla attitude. J'ai déjà accepté que tu me voles une semaine avec toutes tes histoires de licenciement et restructuration. Je n'ai d'ailleurs pas protesté à ce sujet. Ensuite, je ne sais pas à qui tu as demandé pour ta soi-disant coupe-signature, mais je suis quelque peu offusquée que tu ne te sois jamais adressée à moi. Je t'assure, ce n'est pas ça, termine-t-elle en faisant un geste global autour de ma tête et en affichant une mine réprobatrice.

Je la regarde intensément. Je me rappelle alors que ce n'est pas Carla qui m'a poussée à coucher avec Tom. Ce n'est également pas elle qui a choisi d'utiliser sa meilleure amie comme moyen d'obtention de sa promotion. Carla demeure intelligente, elle sait qu'elle pourra jouer sur la culpabilité autant qu'elle le souhaite. Pendant trente jours, je lui appartiens.

— Très bien, je dis.

— Fantastique ! ajoute-t-elle tout sourire. J'ai pris rendez-vous à vingt heures.

Alors que je retourne en cabine pour essayer la robe suivante, j'entends un :

— Qu'est-ce que j'ai manqué ?

— Tybalt, c'est toi ? je demande alors que je me retrouve encore une fois en sous-vêtements.

Il passe la tête derrière le rideau, un grand sourire sur les lèvres.

— Ciao bella !

Il me fait une grosse bise, puis me scrute de haut en bas.

— My gosh ! Depuis quand affiches-tu un corps aussi parfait ? J'ai l'impression d'avoir manqué un épisode.

— Il faut bien que les séances de fitness portent leurs fruits, je réponds certainement rouge pivoine.

Il commence immédiatement à fouiller dans le paquet de robes que Carla m'a refilé.

— Jolie sélection ! Qu'as-tu déjà essayé ?

Je lui dévoile le vêtement jaune que je

viens d'ôter. Il le déplie, le met devant les yeux, me regarde, puis hoche la tête.

— Celle-là est adoptée. Excellent choix Carla, crie-t-il à ma colocataire.

— Merci ! lui répond celle-ci.

Il continue à fouiner dans l'amas de tissus de toutes les couleurs posés sur le tabouret à côté de moi et me tend une robe rouge carmin.

— Essaye celle-là !

Il ressort ensuite de la cabine, puis revient une seconde après, un nouveau lot de sous-vêtements à la main.

— Avec ça.

Il me laisse alors seule avec la prochaine tenue dans les bras. Cette soirée s'annonce interminable.

Je n'ai jamais été aussi blonde. J'avoue que la coupe est ravissante. Je n'ai juste plus l'impression d'être moi-même. J'aurai besoin d'un certain temps d'adaptation, je suppose. Je franchis la porte de mon bureau que je referme et m'assois à ma table de travail. Nous sommes vendredi. Cela signifie que Carla va avoir son premier rendez-vous avec

Tom, et moi mon premier rencard avec un homme de son choix. Nous avons décidé d'entamer les festivités par un restaurant, un double date, pour que nous puissions apprendre à nous connaître. Enfin… sachant que le deal est de finir à la casserole, je ne comprends pas vraiment le truc du repas. Cependant, c'est Carla la boss !

Mon téléphone sonne :

— Luna, c'est monsieur Beauchamp pour vous, puis-je le faire entrer ?

— Oui, merci Kevin.

J'entends deux coups à la porte. Les yeux baissés sur un dossier, je ne vois pas Anthony pénétrer mon bureau.

— Bonjour Luna, je…

Sa phrase en suspens m'oblige à lever la tête. Son regard semble surpris. Je ne comprends pas tout de suite son attitude, puis me rappelant mon relooking, je glisse une mèche derrière mon oreille quelque peu gênée. Alors que mes cheveux tombaient au milieu du dos, ils sont maintenant au carré, agrémentés d'un balayage blond.

— Vous êtes ravissante, souffle-t-il, l'œil

brillant. Cette coupe vous va à merveille.

Je rougis de plus belle. Ces foutus papillons sont de retour.

— Merci, je réponds dans un sourire timide.

— Hum…

Je sens sa confusion et je n'ai qu'une envie à ce moment-là : me jeter à son cou.

— Je voulais vous remercier pour cette semaine qui n'aurait pas été la même sans votre professionnalisme. J'ai de la chance de vous avoir.

Il s'approche :

— Vous permettez ? me demande-t-il alors qu'il désigne une chaise.

— Bien entendu, je réponds en me levant tout en lui faisant signe de s'asseoir.

Je reprends place et ajoute :

— Comment puis-je vous assister, Anthony ?

— Je m'interroge, commence-t-il en marquant une pause.

Je l'observe alors qu'il semble chercher ses mots. Après quelques minutes, il reprend les joues quelque peu rougies. Je ne l'ai jamais vu aussi embarrassé :

— Je sais très bien que votre vie privée ne concerne que vous, hésite-t-il, alors qu'un nœud dans mon estomac remplace les insectes multicolores qui y règnent normalement. Mais, est-ce que je dois m'inquiéter des rapports que vous entretenez avec Tom Fitzmartin ? Je veux dire, ajoute-t-il avec précipitation, vous aviez à peine croisé un regard qu'il avait scellé votre avenir professionnel en refusant de vous donner cette promotion que vous méritiez amplement. Puis, il a suffi d'un meeting et vous vous trouvez maintenant à ce poste. Donc…

Il prend une inspiration et son regard s'intensifie.

— S'il y a quoi que ce soit que nous devons mettre au clair, je serais ravi de m'y atteler. Vous êtes la responsable des ressources humaines, cette tâche vous incombe, mais c'est avec moi que vous devriez en parler. Donc, dites-moi si je dois rendre quelque chose officiel.

Mon teint est probablement devenu rouge pivoine. Anthony pense que j'ai une relation avec Tom. Beurk ! Je me dépêche de répondre :

— Il n'y a absolument rien entre monsieur Fitzmartin et moi. Notre première entrevue, qui ne s'est en effet pas très bien passée, avait laissé à Tom une mauvaise impression de ma personne. Préjugés que je me suis hâtée de dissiper. Notre relation demeure purement professionnelle.

— Puis-je connaître les circonstances de votre rencontre ? demande-t-il.

Puis, voyant mon air embarrassé, il ajoute :

— Vous savez quoi ? Cela ne me regarde pas. Je suis content que nous ayons eu cette conversation. Je ne souhaite pas que vous vous trouviez dans une situation qui ne vous satisfasse pas.

Je suis touchée par sa sollicitude. Il me sourit et se lève alors. J'accompagne son mouvement en me mettant également debout. Puis, se dirigeant vers la porte, il se retourne et ajoute :

— Vous savez que vous pouvez m'entretenir sur n'importe quel sujet, n'est-ce pas, Luna ? Je suis là pour vous. Vous avez votre place dans cette société.

Professionnellement, je répète tandis

que des images de moi assise sur lui, nue, me viennent en tête. Il est là pour moi, professionnellement. Je lui souris alors et hoche le menton pour confirmer.

— Bien, fait-il. Je vous laisse à votre emploi du temps.

Il sort du bureau et je m'affale sur ma chaise. Je reste perplexe. Est-ce qu'Anthony me perçoit autrement qu'en tant que simple collègue ? Après toutes ces années passées ensemble ? Je ne dois pas y penser. Il aurait déjà fait un geste. Je décide de chasser ces pensées de ma tête et de me concentrer sur le travail qu'il me faut accomplir aujourd'hui.

La journée se termine enfin. Elle a été constituée de plusieurs réunions afin de nous mettre au diapason sur le futur de notre entreprise. Il y a eu plusieurs promotions. Comme je m'y attendais, Carla a, elle aussi, changé de rôle. Son avancement se trouve cependant plus horizontal que vertical. Un job qui lui sied à merveille. Demeurant une publicité vivante et ambulante, elle est devenue assistante dans la sélection des vêtements pour les photos shootings. Je ne comprends pas comment je n'y ai pas songé plus tôt. Ce rôle est parfait pour elle. Elle mérite de rester. Je le pense sincèrement. Qui plus est, c'est toujours bien de posséder une alliée. En parlant de Carla :

— Mademoiselle Dimitriov souhaite vous voir, m'annonce Kevin, de l'autre côté du téléphone.

— Fais-la entrer.

— Tu es magnifique, me chante celle-ci pointant sa tête dans mon bureau. Ce balayage !

Elle embrasse ses doigts dans un mouvement très italien afin de témoigner son contentement.

— Je me demande comment j'ai fait pour ne pas t'encourager à sauter cette étape plus tôt.

C'est du pur sarcasme. Elle me tanne depuis des années pour que je change de style. Je lui jette un regard qui en dit long. Elle place ses mains sur ses hanches :

— Ne me remercie surtout pas.

Je pense alors à l'étincelle dans les yeux d'Anthony.

— Merci.

Elle sourit, puis ajoute :

— Je te veux en forme ce soir. Donc hors de ce bureau dans maximum quinze minutes.

— J'ai terminé, je lui dis. Je dois juste toucher un mot à monsieur Beauchamp et ensuite nous pourrons rentrer. Tu m'attends ?

— Hum... Oui, OK. Je vais en profiter pour aller voir le nouveau responsable de l'image d'un peu plus près. Retrouve-moi là-bas.

Je range vite fait mon office, puis je souhaite un bon week-end à Kevin sur mon passage. Son regard toujours aussi demandeur me pousse à ne pas m'attarder. Je me présente auprès du secrétaire d'Anthony qui m'annonce. C'est au moment de pénétrer les lieux que je me rends compte que Tom Fitzmartin se trouve avec lui. Ce dernier rit à gorge déployée. Anthony, le sourire crispé, ne semble pas si réceptif à la blague qui vient de lui être contée.

— Ah ! Luna ! s'exclame-t-il avec un accueil plus chaleureux. Que puis-je pour vous ?

— Je voulais vous souhaiter un excellent week-end. Je m'apprête à partir, ajouté-je simplement.

— À vous également, Luna. Vous avez bien mérité ces quelques jours de repos. Votre travail s'est montré parfait sur toute la ligne.

Je souris.

— Merci... hum... Bonne soirée, Anthony, à vous aussi, Tom.

Alors que je suis sur le point de passer la porte dans le sens inverse, j'entends un :

— À ce soir !

Je gèle sur place. Je ne me retourne cependant pas et entreprends de suivre mon chemin comme si de rien n'était. Mais que cet homme peut se montrer stupide ! J'espère que Carla parviendra à tenir un mois. Qu'est-ce que va penser Anthony ? Oh, il peut bien imaginer tout ce qu'il veut. Assez d'années se sont écoulées. S'il avait dû se passer quoi que ce soit, ce serait déjà arrivé. Je secoue la tête pour remettre mes idées en ordre et rejoins Carla dans le local où travaille le nouveau et beau graphiste. Comme à son habitude, Carla est assise sur le coin de la table, roulant des yeux amoureux.

— Carla ? On y va ? Bonsoir, Éric ! j'ajoute.

Il ne remarque même pas ma présence, complètement subjugué par ma magnifique amie.

— Je vais devoir te laisser, Éric. Le devoir m'appelle.

Elle rit à gorge déployée, ses seins hauts, pointés sur sa proie. Elle se penche pour lui toucher le bras, dévoilant son plus grand sourire.

— Je reviendrai, le rassure-t-elle avec un clin d'œil. Le système de réglage des couleurs avant impression m'interpelle. Je me réjouis d'en savoir plus.

Les pupilles dilatées, le gibier a mordu à l'hameçon. Si je possédais le moyen de passer les gens aux rayons X, j'aurais aperçu la réaction naturelle d'un mâle en rut dans son pantalon. Suivant mon pas, Carla se retourne une dernière fois sur lui, puis m'accompagne en direction des ascenseurs. Elle lève ses yeux de biche sur moi alors qu'un sourire se dessine sur mes lèvres :

— Quoi ? s'offusque-t-elle en fronçant les sourcils.

— Tu ne peux pas t'en empêcher, hein ?

Elle me dévoile à son tour un grand sourire.

— Si Dieu m'a donné ce corps, c'est pour l'utiliser.

Je ne rebondis pas sur le point que sa poitrine n'est en aucun cas un cadeau du divin. Elle renchérit :

— Et ce soir, tu commences ton apprentissage.

Mon visage se ferme.

— Ne fais pas cette tête ! ajoute-t-elle. Pour le premier rendez-vous, je t'ai déniché un apollon. Tu ne te rends même pas compte de ta chance.

— Rassure-moi, je lui dis alors qu'un doute me saisit. Tu n'as pas couché avec lui ?

Elle baisse la tête et regarde dans son sac à main, comme si elle cherchait quelque chose. Nous entrons dans l'ascenseur.

— Carla ?

— Celui que je t'avais trouvé s'est décommandé. Et puis, tu as accepté.

— Carla !

— Il est vraiment très beau et pas très con, je te promets. Pour un baptême, ça ira très bien, ajoute-t-elle alors.

— Je ne suis pas vierge, Carla. Ce n'est pas, non plus, la première fois que je sors avec un homme. Je te rappelle aussi que si nous nous trouvons dans ce pétrin c'est qu'il m'arrive même de coucher avec certains d'entre eux. Et le restau c'est seulement pour aujourd'hui. Ensuite, nous nous verrons uniquement au bar.

— Tu sais vraiment comment ôter le fun de la situation, gémit-elle en faisant la moue.

Nous quittons l'ascenseur et nous dirigeons vers la sortie. La soirée s'annonce longue.

Nous entrons dans le restaurant appelé *The Chef*. C'est le lieu le mieux noté du moment. Tom et Simon, mon rencard du soir, nous y attendent déjà. Tybalt a été mis sur la touche pour aujourd'hui. Le premier contact entre Carla et Tom doit se faire en douceur. Ensuite, je compte sur sa présence. Son avis se montrera très important dans la sélection de mes futurs amants. Et puis, Eoin avait déjà prévu quelque chose. Comme j'ai monopolisé le temps de Tybalt la semaine dernière, ils fêtent, ce week-end, son anniversaire en amoureux.

Nous approchons de la table où nos deux cavaliers nous attendent. Simon, gentleman, se lève afin de nous accueillir. Tom heureusement suit son exemple.

— Bonsoir Carla ! chante ce dernier avec un œil gourmand, son regard se portant déjà sur la poitrine de mon amie tandis qu'elle ôte son manteau.

Il faut dire que la toilette choisie par ma colocataire ne permet pas à l'attention de se poser ailleurs. Elle s'est parée d'une magnifique robe noire composée d'une jupe courte et moulante jusqu'à la taille, et de deux morceaux de dentelle recouvrant les seins. Le dos et les épaules restent nus. Seule une femme au corps sculptural peut porter ce genre de tenue. Je fais du regard le tour de la salle, tous les hommes ont les yeux braqués sur elle. J'enlève à mon tour ma veste. Pour aujourd'hui, j'ai choisi la robe rouge carmin. La jupe volante va jusqu'aux genoux. Le haut du vêtement est façonné de manière à recouvrir toute ma poitrine et mon dos avec un col rond qui s'attache par un petit bouton sur ma nuque. Une légère fente entre mes omoplates dévoile quelque peu ma peau, selon mes mouvements. Mes bras restent nus. C'est plus classique, mais cela fera l'affaire pour ce premier rencard.

— Bonjour, Luna ! Je suis Simon.
— Enchantée.

Carla avait raison, il s'agit d'un très bel homme. Grand, au moins un mètre huitante-six, il me dépasse d'une tête. Il est apparemment adepte de sport. Je devine ses biceps musclés sous sa chemise. Il a les yeux clairs et les cheveux coiffés dans une de ces coupes à la mode, plus longs au-dessus et plaqués sur le côté. Je suis définitivement attirée par lui. Je lui offre mon plus joli sourire. Il repart s'asseoir sur sa chaise alors que je prends place en face de lui. De son côté, Tom tente un compliment :

— Vous êtes très belle dans cette tenue, Carla.

Il y a toute cette série de phrases que les

hommes disent et qui ne sont jamais bien acceptées. Les « tu es belle aujourd'hui », « tu es belle sur cette photo », à croire que le reste du temps nous sommes moches. Ma colocataire se contente néanmoins de lui accorder un sourire et un remerciement.

Le repas se passe de manière, sinon plaisante, cordiale. Je laisse Carla et Tom faire connaissance et je tente d'en apprendre plus sur l'homme assis en face de moi.

— Quel métier exerces-tu ? je demande.

— Je suis infirmier à domicile. Je prends soin des personnes âgées.

— Oh ! Joli ! Je ne sais pas si je parviendrais à faire ce genre de travail.

Il sourit à ma remarque, mais ne renchérit pas. Il saisit son verre et sirote un peu de son contenu, me dévisageant comme si ce n'était pas son assiette qu'il avait envie de dévorer. Il ne me demande rien quant à mon métier ou mes passions. Je suis la seule à interroger. Il n'est venu que dans un unique but. Nous en sommes tous deux conscients. Raison pour laquelle ce restaurant se trouve être une perte de temps. Je prends donc en charge la conversation, parlant de mes hobbies, de mes activités diverses, de mon évolution dans la compagnie, même si rien de tout cela ne l'intéresse. Notre discussion se montre plate et ennuyante. Heureusement, la nourriture demeure délicieuse et le repas s'achève rapidement.

Afin de continuer les festivités, nous nous déplaçons dans un bar. Ayant déjà consommé pas mal de vin, ma tête commence à tourner. Simon s'approche de moi et me chuchote à l'oreille tout en posant une main chaude en dessous du tissu, sur mon dos nu :

— Cela te dirait de laisser nos amis et de prendre un verre chez moi ?

Je me recule pour le regarder. Cela n'aura pas été long. Il aurait pu me le demander avant de venir jusqu'ici. Cela nous aurait fait gagner du temps. J'acquiesce. Nous finissons nos boissons tout juste commandées et quittons Carla et Tom. Une fois dehors, Simon appelle un taxi. J'apprécie un homme responsable qui évite de conduire lorsqu'il a bu. Dans la voiture, nous restons chacun de notre côté. Aucun geste de sa part ne prédit ce qui va se passer ensuite. Je demeure même curieuse de savoir pourquoi il me porte si peu d'intérêt. Il m'avait pourtant semblé voir des regards explicites pendant le repas. Et puis, si nous nous trouvons dans ce véhicule, ce n'est pas pour aller à la bibliothèque. Il ne nous faut pas tellement de temps pour arriver dans son appartement. Il m'aide à ôter mon manteau qu'il suspend, puis me guide jusqu'au salon. Aucun mot n'est échangé. Je m'attends à ce qu'il me propose un verre à boire pour détendre l'atmosphère. Au lieu de cela, il s'approche de moi et me serre contre lui. Je peux sentir son pénis en érection à travers le tissu de son pantalon.

— J'ai envie de toi, annonce-t-il de but en blanc.

Il prend alors mon menton entre son pouce et son index et guide mes lèvres à sa bouche. Sa langue est affamée. Elle pénètre immédiatement ma bouche, ferme et dure. Il passe l'une de ses mains sous ma jupe et la pose sur ma fesse, qu'il serre. De l'autre, il agrippe mes cheveux et les tire légèrement en arrière pour libérer ma gorge qu'il embrasse. L'homme se montre très excité. Il délaisse alors ma fesse en dirigeant sa main jusqu'à mon pubis. Le laissant faire, ce qu'il prend comme une invitation, il glisse ses doigts sous le tissu de mon sous-vêtement afin d'aller à la rencontre de mon bouton de plaisir. Je lâche un gémissement tandis que son index expert tourne autour de mon clitoris. L'homme ne s'arrête pas là. Tel un explorateur en quête d'un trésor caché, le majeur pénètre maintenant le vagin humide et chaud. Je me tends vers lui, sa langue à nouveau dans ma bouche. Hummmm...

— Et si on allait dans la chambre ? me demande-t-il.

— Hum hum...

Il me prend par la main et me guide. Je me trouve déjà fiévreuse. L'alcool ayant également perdu de son effet, j'aurai peut-être la chance d'un orgasme ce soir. Une fois dans la pièce, il ouvre la fermeture éclair de ma robe et m'aide à l'enlever. Puis, dans un mouvement expert, il dégrafe le soutien-gorge qu'il laisse tomber sur le sol. Il pose une main sur l'un de mes seins et se penche pour prendre goulûment le téton entre ses lèvres. Je me cambre et agrippe sa masse de cheveux. Je gémis. Il se redresse et commence à déboutonner sa chemise. Tandis qu'il termine de l'ôter, je défais la boucle de sa ceinture. Je le laisse ensuite se défaire de son pantalon et je m'installe sur le lit pour mater son magnifique corps. Mama mia ! Carla avait raison, il est vraiment canon. Une fois nu, je peux enfin apercevoir son pénis. Je me réjouis de pouvoir y goûter. Je me mords les lèvres dans un sentiment d'anticipation. Simon ne vient cependant pas à moi tout de suite. Il se dirige vers la table de nuit et prend un préservatif. De dos, je l'observe se branler afin de permettre à l'afflux de sang d'engorger son phallus. Il défait ensuite l'emballage et applique la protection en latex sur son sexe. Je suis surprise qu'il l'enfile déjà. Qu'en est-il des préliminaires ? Il vient alors se placer en face de moi. Je peux lire le désir dans ses yeux. Il se penche sur moi et retire ce qu'il me reste de sous-vêtements. Puis, écartant mes jambes et s'installant sur moi, il m'embrasse une dernière fois goulûment avant de chercher l'entrée de mon vagin et d'y insérer son pénis. Heureusement que les précédents baisers ont permis un peu de lubrification. Malgré le côté expédié de la situation, je me surprends toujours à aimer ce premier coup de reins. Ce moment où le sexe masculin vient remplir ma cavité et me donne l'impression d'être entière à nouveau. Je gémis. Les premiers mouvements se montrent un délice. J'attends la suite. Je sais que je devrais parler, lui dire ce que je souhaite qu'il me fasse. Je m'en veux de rester tellement silencieuse et observatrice le premier soir. Raison pour laquelle je n'aime pas les one night stand. Je prends rarement mon pied. Son rythme va crescendo. Nous ne changeons pas de position, le missionnaire semble lui convenir. Les coups de reins s'accélèrent et puis arrive le long et intense râle. Il est sérieux, lui ?

Je reste figée tandis qu'il se retire et s'installe à côté de moi, le souffle court. Il ôte le préservatif qu'il délaisse nonchalamment à côté de lui. Couché là, satisfait et confortable, j'entends sa respiration devenir de plus en plus profonde. Je l'observe alors que je le vois fermer les yeux et s'endormir. Moi, sur le dos, en mode étoile de mer, je n'arrive pas à y croire. J'aurais pu tout aussi bien être une poupée gonflable que ça n'aurait rien changé. Je lui jette un dernier coup d'œil. Quel gâchis ! Un si beau corps. Je me lève, ramasse mes affaires et pars m'habiller dans la pièce d'à côté. Puis, une fois vêtue, je quitte l'appartement sans laisser de mot ou de numéro de téléphone. Encore sous le choc, je siffle un taxi pour me ramener chez moi. Un autre plan baise foireux. Et dire que ce n'était que le premier d'une longue liste. Heureusement, Tybalt se joindra à nous demain. En espérant que cela va y changer quelque chose.

Chapitre 5

Le marché

Heureusement que je n'ai pas beaucoup bu hier soir. Je me sens plutôt en forme en ce samedi matin. Je vais pouvoir me montrer productive. Je regarde l'heure sur mon portable. Il est huit heures trente-deux. Chouette ! J'ai toute la journée devant moi. Je n'ai pas entendu Carla rentrer dans la nuit. J'espère qu'elle n'a pas déjà sauté le pas. Il faut qu'elle fasse patienter Tom le plus longtemps possible. Tant qu'il n'obtient pas ce qu'il souhaite, je garde un moyen de faire pression sur lui. Vivement que ma probation se termine et que le contrat officiel soit signé. Je me lève afin d'aller prendre une bonne douche. Nue, avec juste un linge éponge serré autour de ma poitrine, je quitte ma chambre pour rejoindre la salle de bains. Alors que je m'apprête à passer la porte de cette dernière, j'entends celle de l'entrée s'ouvrir et se fermer.

— Carla?

Elle pointe la tête dans le couloir. Affichant premièrement un air gêné, elle me présente ensuite un énorme sourire.

— Luna! Tu es déjà levée ?

Je m'aperçois qu'elle porte toujours les vêtements de la veille. Je fronce les sourcils :

— S'il te plaît... Dis-moi que tu n'as pas couché...

Son sourire s'élargit alors qu'elle acquiesce :

— Si ! Mais ce n'est pas ce que tu crois.

Elle éclate de rire. Je ne comprends pas. Elle se dirige dans la cuisine. Je l'accompagne tout en maintenant la serviette autour de ma poitrine. Elle allume la machine à café et sort une tasse de l'armoire.

— Tu en veux un ? me demande-t-elle.

— Oui, volontiers, je confirme alors que je m'assois à une chaise du bar.

J'attends avec patience la suite du récit.

— Comment s'est passé le reste de la soirée avec Simon ? interroge-t-elle.

Allant dans son sens, car c'est le seul moyen d'obtenir la réponse à ma question, je réplique :

— Tu aurais pu me prévenir…

— Que veux-tu dire ? me demande-t-elle sans se retourner.

— Je crois que c'est un des pires coups de ma vie.

Je ne cite pas Tom, évitant de couper toute envie à Carla de le revoir. Notre deal doit durer un mois.

— Ah, mais je t'avais avertie ! s'insurge-t-elle.

J'essaye de me remémorer ma conversation avec Carla à propos du rencard prévu, mais rien n'a été mentionné à ce sujet.

— Euh… non.

— Si, je t'ai confié qu'il était très beau et passablement intelligent, ajoute-t-elle. Je n'ai rien dit concernant ses prouesses sexuelles. Cela aurait dû te mettre la puce à l'oreille.

Je suis estomaquée. La logique Carla. J'entreprends alors de lui poser la question qui me brûle les lèvres :

— As-tu couché avec Tom ?

Elle se retourne pour me donner mon café et affiche un grand sourire.

— Non, répond-elle simplement. Mais j'ai vu Stanislas.

Un poids s'envole de mes épaules. Je prends la tasse dans mes mains et commence à siroter ma boisson chaude.

— Qu'en as-tu pensé ? je lui demande.

— Franchement ? C'est le dieu du cunnilingus.

— Non... pas Stanislas, ajouté-je en roulant des yeux au ciel. Tom... Comment as-tu trouvé Tom ?

— Ah ! fait-elle. Lui...

Je vois dans son regard que ce mois va se montrer très long. Je le savais... Et je ne la remercierai jamais assez d'avoir accepté de jouer le jeu pour moi. Enfin... Je ne lui ai pas vraiment laissé le choix. J'observe ma colocataire alors qu'elle cherche les mots pour le décrire :

— Il est sympa et plutôt mignon dans son genre. L'humour ne semble pas être son fort, cependant. Il m'a forcée toute la soirée à rire à ses blagues pourries. Mais honnêtement, niveau rencard, j'ai connu pire.

Elle me sourit, puis lève ses grands yeux pleins de malice sur moi.

— Au fait, tu ne m'as jamais raconté... Comment Tom performe-t-il ?

Est-ce que je dois lui dire la vérité ou la laisser constater par elle-même ? Après tout, le comportement de Tom pourrait changer vis-à-vis de Carla. Elle reste l'objet de son désir. Je n'etais, par contre, qu'un moyen pour lui de vider son sac.

— Il possède un membre de plutôt bonne taille, je lui confie. Pour le reste, à toi de le découvrir.

Je vois une étincelle de gourmandise dans ses yeux. Je précise :

— Mais pas ce soir, n'est-ce pas ? Il reste encore trois grosses semaines à ma probation.

— Ne t'inquiète pas, me rassure-t-elle en prenant une gorgée. Je te promets de mettre toutes les chances de ton côté.

Cela ne répond pas vraiment à ma question. Les phrases énigmatiques de Carla. Je suis cependant obligée de lui faire confiance. J'avale d'une traite mon café et me lève pour me diriger vers la salle de bains. Carla se met à bailler.

— Je vais me coucher. Passe une belle journée, ma chérie !

— Et toi une bonne nuit, je réponds avec un sourire.

— Et ce soir, c'est la robe jaune. On est samedi.

Je prends une grande inspiration, puis j'acquiesce. Ce mois va vraiment se montrer interminable.

La journée est passée beaucoup trop vite. C'est toujours la même chose quand un travail consomme nos semaines du lundi au vendredi et que notre liberté se résume à quarante-huit petites heures. Toutes les corvées sont faites : lessive, repassage, courses. Je peux enfin me relaxer quelques minutes, ce dont je tiens à profiter. Il ne me reste pas beaucoup de temps avant que Carla ne sorte de sa chambre et que nous entamions les préparatifs de ce soir. Je ne suis normalement pas une fêtarde. Une nuit par mois me satisfait largement. Donc enchaîner deux soirées d'affilée.... Je ressens déjà le contrecoup d'hier. Il fallait bien qu'il apparaisse celui-là.

Assise sur le sofa, je saisis le dernier livre commencé : *Être soi suffit* de Lyvia Cairo. J'en reprends la lecture. J'aime les bouquins de développement personnel, ils m'aident à grandir et devenir une meilleure version de moi-même. Tandis que je ressasse depuis deux minutes la même phrase, je sens mes paupières s'alourdir et mon corps se lover de plus en plus dans le canapé. J'ai l'impression de n'avoir fermé l'œil qu'une seule seconde lorsqu'un cri retentissant me réveille :

— Luna ! Qu'est-ce que tu fabriques ? Comment ça ? Tu n'es pas prête ? Ce n'est pas vrai !

Alors que j'émerge difficilement du rêve dans lequel je m'étais plongée, et qui plus est de la manière la plus brutale possible, deux mains attrapent déjà la couverture posée sur mes jambes pour me l'arracher. Je suis ensuite tirée, sans ménagement, pour me forcer à me lever. Je ne trouve rien à dire, encore groggy de sommeil. Tel un automate, je permets à Carla de me guider jusqu'à la salle de bains.

— À la douche ! commande-t-elle alors que la sonnerie de la porte retentit. C'est sûrement Tybalt. Dépêche-toi !

Le flot m'extirpe petit à petit de ma torpeur pour reprendre pied avec la réalité. Je déteste les siestes. Il y a toujours ce moment, après avoir dormi, où le monde t'apparaît sombre et glacial. Ce n'est vraiment pas le sentiment qui me motive à sortir ce soir. Je n'ai qu'une envie ; quitter cette cascade d'eau et aller me glisser sous la couette.

— Luna?

Je reprends mes esprits.

— Tybalt, c'est toi ?

Il ouvre le rideau de douche.

— Comment se fait-il que tu ne sois pas prête ? On devrait déjà être partis.

— Je me suis endormie, je lui confie en faisant la moue.

Il me regarde alors qu'un grand sourire prend place sur son visage.

— Il doit t'avoir passablement épuisé celui-ci, s'amuse-t-il avec un clin d'œil.

Je secoue la tête pour lui montrer qu'il fait fausse route :

— Un lapin... Je n'avais même pas commencé à ressentir quelque chose qu'il avait déjà terminé. Je me suis juste levée plus tôt que nécessaire et la sieste m'a achevée.

— Ne t'inquiète pas, bella. Je suis là. Ce soir, c'est moi qui t'aide à trouver un amant digne de ce nom.

— Suis-je vraiment obligée ? je demande avec une voix de petite fille. J'ai accepté d'expérimenter un mois la vie de Carla, pas de coucher avec un nouveau mec chaque nuit.

— Oh mon chou ! s'exclame-t-il en roulant des yeux au ciel. Mais la vie de Carla, c'est ça.

— Il y a des fois où elle rentre bredouille.

Il lève un sourcil, dubitatif.

—Vraiment ?

Puis reprenant un visage plus composé, il ajoute :

— Par contre, lorsqu'elle rencontre un di*amant* précieux, elle le garde un petit moment. Il te faut juste trouver l'oiseau rare. Je te laisse terminer ta douche, ma chérie. Mais dépêche-toi ! Nous devons encore nous occuper de ta chevelure, de ta tenue, de ton make-up. Bon, je vais nous préparer des cocktails en attendant.

C'est à ce moment-là que Carla entre dans la salle de bain :

— Shots !

Je bois le verre proposé cul sec et ferme le rideau pour finir ma toilette. Je suis enfin complètement réveillée. Je repense à la confidence de Tybalt. Le goal est de trouver quelqu'un d'assez intéressant afin que je puisse le fréquenter plus d'une fois. Je dois revoir mes attentes à la baisse. Demeurant célibataire depuis plusieurs années, la recherche de l'homme idéal s'est jusque-là montrée décevante. Une image fugace d'Anthony Beauchamp s'imprime à mon cerveau à ce moment-là que je me dépêche de chasser. Ce genre de spécimen ne tombe pas du ciel. Par contre, je n'ai pas besoin qu'il soit parfait, juste assez intéressant pour continuer de le voir. Il faudra ensuite faire croire à Carla qu'il coche toutes les cases de l'amant parfait. Ainsi je pourrai le fréquenter sans attirer les soupçons de ma colocataire. Ce serait mieux pour moi s'il l'était vraiment. Bon au lit, je veux dire. Au moins ça. Et puis, comme Carla s'y attelle déjà avec Stanislas, elle ne pourra qu'approuver mon choix. Ma décision prise, je termine rapidement ma douche et finis de me préparer.

Il est tard lorsque nous arrivons au bar. Nous avons décidé de changer de place chaque week-end afin de découvrir les lieux où Carla aime se rendre, mais également pour permettre de diversifier les proies. J'aime les irish pubs. J'avais souvent eu envie de venir dans ce dernier. Même si l'endroit ne se trouve pas parmi les plus classes, la bière s'y montre bonne et variée et l'ambiance bien plus décontractée. La coutume américaine veut, cependant, que nous nous montrions sur notre trente-et-un à chaque sortie, peu importe l'emplacement. C'est un peu comme si nous vivions notre prom night chaque nuit.

— Je vais nous trouver une place assise, nous informe Tybalt.

— Ne t'inquiète pas, lui susurre Carla avec un demi-sourire. C'est déjà arrangé.

Elle fait signe au barman qui lui répond par un pouce levé et un hochement de tête. Il agite le bras afin d'informer l'un des serveurs qui s'en va immédiatement chasser une table de ses occupants. Je ne devrais pas être surprise, mais je ne peux m'empêcher de l'être. Le garçon s'approche alors :

— Votre table, mesdemoiselles, monsieur, dit-il en nous invitant à le suivre.

— Je suis impressionné, lui confie Tybalt alors que nous prenons place et que notre guide attend notre commande.

— Vraiment ? répond Carla. Je pensais que tu me connaissais mieux que ça.

Puis se détournant de Tybalt :

— Nous souhaitons trois bains de bouche et trois pornstar martinis pour commencer s'il te plaît, Dylan. Tu es un amour.

Le serveur lui sourit et s'en retourne au bar.

— Alors, alors, entame Carla, en faisant du regard le tour de l'espace. C'est bien rempli aujourd'hui. On devrait pouvoir te trouver facilement quelque chose à te mettre sous la dent. Par contre, lui est à moi.

Je n'arrive pas à croire qu'en cinq minutes dans les lieux elle ait déjà déniché l'homme avec qui finir la soirée. Je l'observe alors qu'elle jette un regard langoureux à l'homme en chemise blanche accoudé au bar, à deux pas de nous. Il ne faut que quelques secondes au mâle pour sentir sur lui l'œillade brûlante de Carla et lui retourner un sourire carnassier. Aurons-nous seulement le temps de terminer le verre ?

— À ton tour, me lance Tybalt, en me sortant de ma rêverie. Alors, ma chérie ? Quel est ton genre ?

Il lève la tête pour faire le tour de la pièce.

— Évite si possible de me trouver un Tom bis.

Il me regarde et éclate de rire.

— Tu étais tellement ivre ce soir-là. Je savais que ce n'était pas ton style. Tu devais vraiment être en manque.

Je hausse des épaules. Il retourne son attention vers la foule. En y repensant et en analysant la situation et la quantité d'alcool consommée pour arriver à mes fins avec Tom, j'avoue avoir cherché à combler un manque affectif. Ce dont je n'ai malheureusement pas pu bénéficier ce soir-là.

— Lui ? Qu'en dis-tu ?

Lâchant quelques instants son regard sur sa proie du jour, Carla tourne la tête afin d'observer l'homme désigné par Tybalt. Il est grand, environ un mètre nonante, les cheveux châtain courts, et la barbe bien coupée, il porte une chemise blanche avec les manches retroussées sur les avant-bras. Son jeans met en évidence ses fesses bien rebondies et des baskets Adidas viennent terminer le look. Il me plaît beaucoup. Voyant mon sourire gourmand se dessiner, Carla ajoute aussitôt :

— Va lui parler !

— Et je lui dis quoi ?

— Bonjour, comment se passe ta soirée ? Est-ce que je peux glisser ma langue dans ta bouche ? Peu importe ! ajoute-t-elle. Tu sais communiquer avec les êtres vivants, non ? Tiens, regarde-moi faire.

Je sens la moiteur envahir mes paumes. La dernière fois, c'est Tom qui est venu à moi. Seulement, si je souhaite trouver quelqu'un qui me correspond, c'est à moi de faire le premier pas. Mince ! Je me tourne vers Tybalt et lui chuchote à l'oreille alors que Carla s'est déjà levée pour aller parler à l'homme qu'elle avait repéré depuis le début de soirée.

— Il y a un bail que je n'ai plus fait ça.

Tybalt pose une main sur la mienne :

— Imagine que tu rencontres un nouveau client avec lequel tu dois passer un contrat. Tu dois établir une relation commerciale.

Ça, je peux y arriver. Je hoche la tête pour lui confirmer que j'ai saisi. Je prends une grande inspiration et me dirige vers le mâle en question. Plus je m'avance, plus il me plaît, et donc plus la nervosité grandit. Pratiquement accoudée au bar, je m'approche et décide de commander un verre en m'installant juste à côté de lui. Je le bouscule en passant. Je sens son regard se poser sur moi. Je lui laisse le temps de plonger dans mon décolleté, puis je me retourne afin d'appeler le serveur derrière le comptoir. Le barman m'ayant aperçu néglige les divers clients et vient directement à moi alors que plus d'une main est levée. J'observe les autres mâles autour de moi. Ma proie et le barman ne sont pas les seuls mecs dont j'ai attiré l'attention, les œillades fusent. Cette robe se montre bien plus puissante que je ne le pensais. Ou est-ce mon corps ? Peut-être simplement la combinaison des deux. Une fois servie, je me retourne en faisant gaffe de me retrouver face au bellâtre que je convoite. Je lève les yeux pour croiser son regard qu'il bloque dans le mien pendant quelques secondes. Le poisson a mordu à l'hameçon. Il approche sa main pour me toucher le bras.

— Excusez-moi, mademoiselle! Puis-je vous offrir un verre ?

— Je viens tout juste d'en commander un, je réponds en montrant qu'il m'en faudra plus pour céder à ses avances.

Il est agréable de voir que les vieilles habitudes ne se perdent pas. Je sais toujours draguer. Je le sens reculer. Oups ! Ce n'était pas l'effet souhaité.

— Par contre, je peux consommer celui-ci en votre compagnie, j'ajoute sans détour.

Il me sourit.

— Avec plaisir. Je m'appelle Daniel.

Il me tend la main que je m'empresse de saisir. Il ne procède pas à l'usuelle poignée cependant, mais approche plutôt ma main à sa bouche afin de l'embrasser, ses yeux bloqués dans les miens. Je me sens rougir.

— Je suis Luna.

— Enchanté, souffle-t-il en ne me quittant pas du regard.

Il me lâche et s'avance vers le bar afin de se commander un autre verre.

— Comment se fait-il qu'une aussi jolie femme que vous se retrouve seule ?

— Je suis venue accompagnée, mais mes amis semblent avoir disparu.

Je jette un œil en arrière afin de tenter d'apercevoir mes camarades. Comme imaginé, Carla a déjà la bouche soudée à celle de son nouveau futur amant. Quant à Tybalt, Eoin semble l'avoir rejoint. Il avait prévu le coup. Heureusement pour lui. J'aurais été navrée de le laisser seul. Je retourne mon attention sur mon cavalier dont le regard est descendu jusqu'à ma poitrine. Il se mord les lèvres de gourmandise. Il se recompose alors qu'il voit que je l'observe. Il rougit légèrement tandis que j'affiche un sourire taquin.

— Que fais-tu dans la vie, Daniel, je demande, alors que je commence à consommer le mojito commandé. Cela ne te dérange pas que nous nous tutoyions ?

— Je suis directeur marketing chez Caterpillar. Et allons-y pour le tutoiement, ajoute-t-il en me montrant encore une fois un joli alignement de dents blanches.

— Oh ! Chouette métier ! Tu travailles dans la boîte depuis longtemps ?

— Neuf ans. Et toi ? Que fais-tu dans la vie ?

— Je suis la responsable des ressources humaines pour le magazine Tendances.

Il ne demande pas à en savoir

plus tandis que son visage se ferme quelque peu. Certains hommes se sentent émasculés par la réussite professionnelle de leurs compagnes. L'une des raisons de mon célibat prolongé, je suppose. Mon indépendance et mon ambition impressionnent. Mais je ne suis pas venue là pour me trouver un mari, du moins pas ce soir. Il est temps de passer à la vitesse supérieure. Une femme entreprenante, elle, reste sexy. Je pose ma main au niveau de son biceps que je tâte quelque peu. Qu'est-ce que j'aime ce muscle ! Rien de tel qu'un bras bien ferme pour me rendre toute chose.

— Je vois que tu es sportif, je dis, innocemment. À quelle salle de fitness vas-tu ?

Une étincelle s'allume dans son œil gourmand.

— Au Super Nutrition.

— Ah oui ! J'en ai entendu de très bons échos. J'hésitais à changer. Peut-être devrais-je y faire un tour.

— J'ai également pu remarquer que tu t'entretenais, m'avoue-t-il en me scrutant de haut en bas.

— J'essaye d'obtenir des abdominaux. Ce n'est vraiment pas facile.

— Je pourrais te montrer quelques exercices, suggère-t-il alors qu'il saisit ma main et la place sur son ventre afin de percevoir les carrés de chocolat sous sa chemise.

— En effet, tu sembles avoir de l'expérience dans le domaine.

Il pose sa main sur la mienne puis remonte le long de mon bras. Je frissonne. Je sens le désir dans son regard alors que je ne peux quitter le sien. Il a des yeux verts magnifiques et des petites fossettes au creux de ses joues quand il sourit. Sa main continue son chemin jusqu'à mes cheveux. Il déplace une mèche derrière mon oreille. Je le laisse faire.

— Cela n'est pas la seule chose dans laquelle j'ai de l'expérience, me confie-t-il, et tu es vraiment splendide.

— Merci...

Percevant la tension sexuelle installée entre nous et voyant que je réponds à ses gestes de manière favorable, il saisit mon verre et le dépose à côté du sien sur le bar.

Il s'approche ensuite tout près de moi. J'en profite pour humer son irrésistible parfum. Je sens l'excitation me gagner. Il se penche pour me murmurer à l'oreille tout en caressant mes bras :

— J'ai très envie de t'embrasser.

Il se recule alors et m'observe. Mes yeux se posent sur ses lèvres tandis que j'humecte les miennes de ma langue. C'est l'autorisation dont il avait besoin. Il passe sa main sur ma joue puis la glisse sur ma nuque, son pouce restant à la naissance de ma mâchoire. Il me fixe d'un œil doux. Il y a quelque chose chez lui qui m'attire irrémédiablement. La distance séparant nos bouches disparaît alors que nos lèvres se touchent enfin. Timidement d'abord, afin qu'elles s'apprivoisent. Cela ne dure pas très longtemps. Je sens sa langue taper à la porte de ma bouche que j'entrouvre pour la laisser entrer. Le bisou se montre doux, tendre, langoureux. Les va-et-vient de sa langue sont mesurés et parfaits. C'est un dieu du baiser. Miam ! Juste pour ça, je suis reconnaissante de l'avoir abordé. Il déplace sa main sur mon dos nu et m'attire à lui. Ses lèvres deviennent plus pressantes et sa langue parcourt ma bouche avec plus d'insistance. Hum... Je ne sais pas si je vais pouvoir jouer les préliminaires très longtemps. J'ai clairement envie de lui.

Il paraît que coucher le premier soir n'est pas la meilleure manière de trouver un petit ami. Je n'ai jamais compris. Pourquoi ces deux choses demeurent-elles incompatibles ? Ne sommes-nous pas des adultes ? Pourquoi la femme ne pourrait-elle pas tout de suite expérimenter un peu de plaisir ? Qui a fixé cette règle ? Peu importe, de toute façon, je ne compte pas lui passer la corde au cou. Du moins, pas ce soir.

Je m'écarte de lui. Nos respirations se sont accélérées. Il a envie de moi autant que moi de lui.

— Et si nous nous rendions chez moi ? me suggère-t-il.

C'est allé vite. J'acquiesce à sa demande. Il saisit ma main et me guide en direction de la sortie. En passant, je croise Carla qui ne semble faire plus qu'un avec sa conquête du soir. Puis déambulant près de la table où se trouve Tybalt, je m'arrête pour lui dire au revoir.

— Amuse-toi bien, me chuchote-t-il.

Je me laisse ensuite conduire en dehors de l'établissement.

Alors que j'entre dans son domicile, je ne peux m'empêcher d'écarquiller les yeux. Cela a ses avantages d'être responsable marketing. Daniel habite un loft lumineux avec une vue incroyable sur la ville et le lac. Je me réjouis du jour où je pourrai acquérir un bien comme celui-là.

— Ton appartement est magnifique ! Et quel panorama ! je m'exclame.

Il se retourne vers moi, suit mon regard et sourit.

— J'ai en effet conscience de ma chance.

Nous restons silencieux quelques instants, les yeux perdus dans la beauté de la cité et de ses lumières miroitant à la surface du lac. Puis, brisant le charme de ce moment, Daniel demande :

— Je t'offre quelque chose à boire ?

Je me sens plutôt à l'aise en sa compagnie. Il y a quelque chose chez lui qui m'apaise. Le lieu s'y trouve peut-être aussi pour quelque chose ; sa vue ou la manière dont il a été agencé. A-t-il utilisé le feng shui ?

— Je prendrais volontiers de l'eau, s'il te plait.

— Je pense que je vais te suivre, répond-il en se tournant pour ouvrir un placard et en sortir deux verres. Ce sera plus sage.

Les contenants remplis, il se dirige vers le canapé. Je l'y rejoins. Nous restons silencieux un moment. Puis il entame la conversation :

— Cela fait longtemps que tu es responsable des ressources humaines ?

— Non, je viens tout juste d'obtenir ce poste.

Je rougis, sachant très bien au fond de moi que ma promotion reste la raison de ma présence sur ce canapé. Je continue sur la lancée :

— Cela fait cinq ans que je travaille pour le magazine. Ma carrière reste très importante pour moi.

Je le regarde, attendant une réaction. Fait-il partie de ces hommes sexistes ? Ou soutient-il au contraire ces femmes qui aiment poursuivre leurs aspirations professionnelles ? De toute façon, peu importe ce qu'il pense, je ne suis là que pour la nuit.

— Toutes mes félicitations ! Tu dois être une sacrée bosseuse pour être arrivée si haut, aussi vite.

De l'admiration ? Il me surprend. J'ai soudain une terrible envie de lui. Je pose mon verre sur la table, saisis le sien pour faire de même et viens me coller contre lui. Je passe ma main sur sa joue, puis la glisse le long de sa mâchoire et de son cou jusqu'à trouver l'ouverture de la chemise. Je faufile mes doigts sous le tissu et caresse son pectoral. Mes yeux suivent le chemin parcouru par ma main, prenant le temps de découvrir chaque centimètre de sa peau. Il est vraiment très beau. Alors que je lève mon regard sur lui, je le vois qui m'observe. Je devine le désir dans ses pupilles dilatées. Il se penche afin de saisir mon visage de sa main et guider mes lèvres aux siennes. Nous recommençons à nous embrasser. Ses bisous se montrent plus lents, plus tendres. Il passe sa langue sur mes lèvres, puis les embrasse doucement. Il les délaisse ensuite pour partir à la découverte de mon cou qu'il parsème de baisers. Il me mordille au passage. Je frissonne de plaisir face à tant de bienveillance. Cela faisait longtemps qu'on ne m'avait pas témoigné tant d'affection. En particulier pour un coup d'un soir. Il se redresse alors et me demande :

— Est-ce que cela te dérange si je mets un peu de musique ?

— Non, du tout. Cela me ferait même plaisir.

Il se lève et part allumer son enceinte connectée.

— Mes goûts se trouvent assez éclectiques. Je préfère te prévenir. Tu vas autant entendre du classique que de l'electro.

— Cela me convient, je le rassure avec un sourire.

Il se rassied près de moi. Il me regarde tendrement et passe une main sur ma joue :

— Tu es vraiment très belle.

Je rougis. Il continue :

— Et j'ai très envie de toi.

Il me scrute de haut en bas et se mord les lèvres.

— Il faut cependant que tu saches que bien que je t'aie emmenée ici, ce soir, ce n'est pas vraiment dans mes habitudes. Hum...

Je l'écoute, attendant la suite.

— Pour tout t'avouer, je sors tout juste d'une relation compliquée. Je ne me trouve pas prêt à ouvrir mon cœur à qui que ce soit.

Je le regarde, surprise.

— Ce n'est pas la raison de ma présence, je réponds simplement.

Il sourit, gêné :

— Oh ! Généralement, les femmes cherchent à se poser. J'imaginais que...

— Si j'avais voulu me poser, comme tu le dis, penses-tu sincèrement que j'accepterais de coucher le premier soir ?

— Certaines le font.

J'ai menti. Je le fais aussi. Je ne suis pas contre accepter un peu de plaisir lorsque l'occasion se présente.

— Souhaites-tu que je parte ?

— Non ! crache-t-il, bien trop vite. J'ai

envie de prendre soin de toi, de te faire jouir.

Une vague d'excitation s'empare de mon corps.

— Si tu le veux bien ? demande-t-il.

Je me contente de hocher la tête pour confirmer mes intentions. Il se lève alors et m'invite également à me mettre debout. Me regardant intensément, il m'attire à lui pour que nos lèvres se rencontrent à nouveau. Je sens sa main effleurer mon dos nu et je frissonne. Je prends une grande inspiration, humant son odeur de mâle. Son parfum m'envoûte. Tout en m'embrassant, il laisse ses doigts remonter en sens inverse afin de terminer dans ma chevelure. De l'autre, il commence à me dévêtir. Il glisse la bretelle de ma robe le long de mon épaule maintenant dénudée et quittant quelques secondes mes lèvres, s'incline pour y déposer un baiser. Il procède au même rituel avec la deuxième. Hormis les patchs qui recouvrent encore ma poitrine, le haut de mon corps est complètement nu. Il a vite fait de m'en débarrasser. Il se penche afin d'embrasser ma gorge, la peau entre mes seins et mon nombril et termine accroupi devant moi. Il saisit alors la robe, au niveau de la taille et la glisse jusqu'à ce que le vêtement demeure sur le sol. Il pose ensuite un baiser sur mon pubis, par-dessus le tissu de mon string. Je frissonne, anticipant ce qui va succéder. Il délaisse ma culotte et décide avant tout de s'attaquer à mes chaussures dont je suis toujours parée. Défaisant les boucles, pour me libérer, il passe d'un pied à l'autre. Je me trouve soudain minuscule face à lui, vêtue que d'un simple dessous en dentelle. Il se redresse et recule d'un pas pour me regarder. Je ne me suis jamais sentie aussi gênée.

— Waouh !

Je rougis de plus belle. Il me prend alors par la main et me guide jusqu'à la chambre. Je l'accompagne docilement.

— Allonge-toi, m'ordonne-t-il.

Je n'ai aucun scrupule à suivre sa demande. Je me languis déjà de ses doigts, de sa bouche sur moi. Serais-je tombée sur l'amant dont j'avais tant besoin ?

Le temps de m'installer, il enlève ses chaussures, ses chaussettes et sa chemise. À mon tour d'être conquise par le corps sculpté qu'il me présente.

— La fille qui t'a brisé le cœur n'a absolument rien compris.

Il sourit. Allongée sur le dos, j'attends la suite des opérations. Il écarte mes jambes pour se coucher sur moi.

— Aïe, je geins tandis que sa ceinture appuie sur ma peau nue.

— Pardon, s'excuse-t-il en se redressant.

Il défait la boucle et enlève ses jeans. Je peux apercevoir la taille de son sexe en érection sous le tissu de son boxer et je suis conquise. Le spécimen semble parfait. Je tends ma main pour le tâter alors que Daniel vient à nouveau se mettre sur moi. Il m'en empêche.

— Laisse-moi m'occuper de toi.

Mon bras retombe aussitôt à côté de mon corps. Reprenant place sur moi, il entame les préliminaires. Son visage sur le mien, il m'embrasse la tempe, le nez puis les lèvres. Il lèche doucement ces dernières et force un tout petit peu l'entrée de ma bouche que j'entrouvre.

Sa langue caresse la mienne dans un jeu de roulements et de va-et-vient. Qu'est-ce qu'il sait y faire ! Il termine son baiser langoureux en attrapant ma lèvre inférieure de ses dents, qu'il garde une seconde avant d'y déposer un bisou. Il glisse ensuite sa langue le long de ma gorge, lentement, traçant un chemin accédant à mon premier sein. Il aspire le téton goulument, et mordille son extrémité, ce qui m'arrache un gémissement. Je me cambre de plaisir. Ses mains douces et fermes parcourent et caressent mon ventre. Sa bouche, elle, se contente de gâter par de savants coups de dents et de langue le téton durci. J'en veux plus, tellement plus. Laissant ma poitrine quelques instants de côté, Daniel entreprend de continuer la découverte de mon corps. Chaque centimètre de ma peau est recouvert de petits baisers. Curieux de voir si mon autre sein réagit tout aussi bien, il se met à son tour à le mordiller. Je gémis de plus belle. Je perçois une chaleur moite grandissante entre mes cuisses et je ne peux empêcher mon corps de s'arquer afin de partir au contact de sa peau à lui.

Sentant le désir me gagner, Daniel passe à l'étape suivante. Se plaçant complètement entre mes jambes, il attrape le string, seul vêtement encore présent sur moi, et l'enlève afin de dévoiler mon intimité. Je l'observe alors qu'il prend quelques instants pour me regarder, entièrement nue.

— Je retire ce que j'ai dit, tu n'es pas belle, tu es magnifique.

Je cherche à me redresser, j'ai envie de m'occuper de lui aussi.

— Non, répète-t-il catégoriquement.

Je me recouche. Il baisse alors sa tête sur mon ventre qu'il embrasse, ses mains sur mes hanches, me tenant fermement. Il descend petit à petit jusqu'à mon pubis, puis écartant légèrement les lèvres de mon sexe avec ses doigts, il y pose une langue curieuse et douce.

— Je sens que je vais aimer te goûter, confie-t-il avant d'apposer sa bouche sur ma vulve déjà passablement excitée.

Le plaisir se montre immédiat. Je gémis. Je perçois son souffle chaud tandis que sa langue roule autour de mon clitoris, le séduisant, le caressant et l'humidifiant. Par de savants va-et-vient, il lèche alors toute la surface de mon entrejambe, pénétrant ensuite au plus profond de mon intimité. Mon vagin en redemande. Saisie de plaisir, je ne peux m'empêcher de me tortiller. Sa bouche retrouve le chemin de mon bouton magique et mes râles deviennent plus fréquents et plus forts. Je le sens insérer deux doigts dans mon vagin et je ne réponds plus de moi, me cabrant pour souhaiter la bienvenue à ces nouveaux procurateurs de sensations exquises. Doucement au début, ses doigts pénètrent, ensuite, plus profondément à l'intérieur de mon anatomie, pour en ressortir encore et encore. Sa langue roule alors autour de mon clitoris dans une cadence plus soutenue. Le rythme s'accélère au son de mes gémissements.

— Si tu continues ainsi, je vais venir, je lui chuchote entre deux râles.

Il ne répond pas et ne s'arrête pas non plus. Ses gestes experts ont finalement raison de moi. Je sens la vague de plaisir se propager dans tout mon corps, de mon sexe jusqu'à ma tête tandis que mes doigts agrippent ses cheveux. Je gémis plus fort tout en permettant à ce pur moment d'extase de m'emporter.

— Hummmm…

Il se redresse alors, fier de lui. Ma respiration reste rapide et mon cœur bat la chamade. Il vient se mettre à côté de moi et m'embrasse légèrement les lèvres, le goût de mon intimité encore sur lui.

— Laisse-moi quelques secondes et je m'occupe de toi, je lui souffle.

— Non… pas aujourd'hui.

— Comment ça ? Je suis très douée avec ma bouche, je lui confie en me redressant à moitié.

— Je n'en doute pas ! rit-il.

Il garde le sourire quelques instants sur le visage puis un air plus sérieux s'empare de ses traits.

— Je souhaiterais te proposer un marché, commence-t-il.

— Je t'écoute.

— J'aimerais te revoir.

Je reste silencieuse, attendant la suite.

— Tu possèdes un corps magnifique. Enfin, pas uniquement cela ! m'avoue-t-il en me souriant. Tu sembles également très intéressante.

Je ne m'offusque pas de cette remarque, c'est à peine si nous avons échangé deux mots.

— Continue, je le rassure.

— Comme je te l'ai confié, je ne souhaite pas de relation sérieuse pour le moment. Cependant, les coups d'un soir m'ennuient. Est-ce qu'un plan strictement charnel et suivi t'irait ? J'ai beaucoup aimé te toucher et te goûter ce soir et je pense que ton vagin conviendra parfaitement à la taille de mon sexe.

Je réfléchis un instant. J'ai fortement apprécié la tendresse et la douceur manifestées lors de nos ébats. Qui plus est, il représente tout ce que je recherche ; un mec que je continuerai de voir le temps que durera ma probation. Je suivrai la demande de Carla en couchant régulièrement avec des hommes, bien que le mot restera, dans ce cas, au singulier. Puis, le mois passé, je pourrai enfin vaquer à mes occupations. Je regarde Daniel droit dans les yeux.

— Très bien. J'accepte.

Je me redresse et lui tends une main

pour sceller le contrat. Il la serre immédiatement avec un léger sourire au coin des lèvres. Je me rends alors compte du danger dans lequel je mets les pieds. Il s'agit maintenant de ne pas tomber amoureuse.

Chapitre 6

Une mauvaise journée

Seule dans mon bureau, tourniquant sur ma chaise, je promène sensuellement le stylo sur mes lèvres en ressassant des images du corps de Daniel et de son visage d'ange. Un sourire s'étale sur mon visage. J'ai conscience que le pacte convenu quant à notre relation strictement charnelle s'avère dangereux. Je ne compte néanmoins pas manquer une occasion pareille. Cet homme est super sexy, intelligent et semble en connaître un paquet sur l'anatomie féminine. Pourquoi me priver d'un peu de tendresse si elle m'est présentée sur un plateau d'argent ? Et quel service ! Dommage que je n'aie pas pu expérimenter son membre à l'intérieur de moi. Je sens une légère chaleur entre mes jambes à cette idée. Non ! Il faut que j'arrête de penser à lui. Ne pas tomber amoureuse. NE PAS TOMBER AMOUREUSE !

Je sursaute alors que mon téléphone sonne. Je décroche :

— Oui, Kevin ?

— Monsieur Beauchamp vous attend dans son bureau, dès que possible.

— Merci.

Je garde le stylo en main, saisis mon agenda, mon Natel et me lève, délaissant mon espace de travail afin de me rendre dans celui d'Anthony. Sur le chemin, je donne quelques instructions à Kevin sur mon emploi du temps et je prends la mauvaise décision de parcourir le couloir qui côtoie le cubicule de Carla.

— Luna !

Je me retourne à moitié et tapote

mon poignet sans montre, mais juste pour lui signifier que je ne possède pas une minute à moi. Malheureusement, sa moue boudeuse m'oblige à m'arrêter. Je m'approche d'elle, quelque peu exaspérée :

— Bonjour, Carla !

— Alors ? Dimanche, tu es restée cloîtrée dans ta chambre toute la journée. Je souhaite des détails.

— Ce n'est pas le moment ni l'endroit, je lui réponds en jetant des regards aux alentours.

Son œil scrutateur ne peut empêcher à un sourire d'apparaître sur mes lèvres.

— Ahah ! J'en étais sûre ! Je... veux... tout... savoir, ajoute-t-elle en découpant chaque mot. Ce soir ! À la maison !

— Ah ? On ne sort pas ?

— Non ! Nous avons trop de choses à nous dire.

J'entends l'excitation dans sa voix.

— Contacte Tybalt ! Organisons une soirée potins ! Demande-lui d'apporter la recette de cocktails qu'il nous a servis à son anniversaire.

J'acquiesce puis, la laissant là, je

reprends mon chemin. M'arrêtant près du secrétaire d'Anthony, je l'invite à m'annoncer. Il procède immédiatement à l'appel avant de se lever pour me libérer l'entrée.

— Luna ! s'exclame Anthony en se redressant pour m'accueillir.

Il montre le siège en face de lui :

— Asseyez-vous !

Je m'installe en posant le matériel pris avec moi sur la table. Je lève les yeux sur lui. Il m'observe. Je me demande si mes joues n'ont pas conservé le ton rosé dû à mes pensées coquines précédant cette réunion. Je rougis de plus belle.

— Il y a quelque chose de différent chez vous depuis une ou deux semaines, me confie-t-il.

J'affiche une mine de surprise. Il continue :

— Ne vous méprenez pas, ce n'est rien de négatif. Je vous sens juste plus… je ne sais pas quel mot utiliser pour qualifier cela. Peut-être, plus en phase avec vous-même. J'aime beaucoup.

Un sourire s'étale sur tout son visage et comme à l'accoutumée, je fonds.

— C'est la promotion, n'est-ce pas ? s'égaye-t-il. Vous vous adaptez bien à ce poste ? Avec toutes ces responsabilités ?

— Vous devez avoir raison, je le rassure afin qu'il continue à sourire. Oui, ces nouvelles tâches me conviennent parfaitement. J'ai encore plus de plaisir à venir travailler.

— Me voilà heureux de l'entendre !

Son visage rayonne et je ne peux empêcher mon cerveau créatif de générer de nouvelles pensées tout sauf professionnelles.

— Hum... Je vous ai fait appeler, car j'ai une requête à vous confier.

Je le laisse m'expliquer en quoi consistera ma charge de travail supplémentaire lorsque le téléphone sonne.

— Oui ? demande Anthony en appuyant sur le bouton pour parler à son secrétaire.

Tandis que j'attends patiemment la fin de l'interaction, mon portable vibre. Un message apparaît sur mon iPhone. La reconnaissance faciale dévoile le contenu sur écran verrouillé. « Quand est-ce que je te revois ? Daniel ».

— Merci Steven, conclut mon boss.

Je me précipite pour saisir le téléphone avant qu'Anthony ne puisse lire le texte. J'aurais dû le mettre en mode avion. Mon regard se pose un instant sur le visage de mon supérieur où je découvre un léger froncement de sourcils. A-t-il perçu la teneur du message ?

— Tom vous attend dans son bureau, m'informe-t-il, plus sèchement que nécessaire.

Il se lève et je l'imite, surprise par son ton de voix. Soudain conscient de son attitude agressive, Anthony fait le tour du bureau afin de m'accompagner jusqu'à l'entrée.

— Si vous avez besoin de quoi que ce soit, Luna, je suis là pour vous.

Je pose mes yeux sur lui. Son regard se montre intense. Il m'ouvre la porte et presse légèrement sa main sur mon dos afin de me guider vers la sortie. J'acquiesce, quitte le bureau, puis prends le chemin qui mène vers celui de Tom. Je suis déboussolée. Que me veut Anthony ? Vient-il de montrer de la jalousie ? Dois-je interpréter cela comme des avances ?

Je monte le portable pour regarder le message de Daniel qui s'affiche encore sur l'écran d'accueil. Je lui répondrai plus tard.

Je m'approche de l'endroit où je suis attendue. Je remarque alors une belle blonde que je n'avais jamais vue jusque-là. Je n'ai aucun doute quant à son rôle ici.

— Bonjour, je dis.

Elle lève les yeux sur moi, surprise qu'on lui adresse la parole. Puis, me scrutant de haut en bas de la manière la plus impolie possible, elle demande :

— C'est pour quoi ?

— Je suis attendue par monsieur Fitzmartin, je lui réponds avec le plus grand calme.

Elle me regarde encore une fois.

— Et vous êtes ? continue-t-elle en ne croyant vraisemblablement pas un mot de ce que je viens de dire.

— Luna Torrès, responsable des ressources humaines, j'ajoute en insistant bien sur l'intitulé de mon poste.

Elle se décompose l'espace d'une seconde. Puis, elle se redresse immédiatement en réinstallant le casque sur sa tête afin de contacter Tom.

— Pardonnez-moi, madame Torrès, je… je vous annonce tout de suite. Oui ? Monsieur Fittzmartin ? Madame…

— Mademoiselle, je la corrige.

— Oui…euh… pardon… Mad… Mademoiselle Torrès est là pour vous. Oui ? Hum hum… Oui, je la fais entrer.

Elle se tourne alors vers moi avec un sourire d'excuses sur les lèvres :

— Il vous attend.
— Merci. Mademoiselle ?
— Katherine.

Je la toise une seconde, puis la laisse afin de pénétrer dans le bureau.

— Luna ! Je suis heureux de te voir.

Il me tutoie, je suivrai donc son exemple. Je m'approche du siège en face de lui et je m'y installe.

— Que puis-je faire pour toi ? je lui demande sans tourner autour du pot.

Je ne dépends pas directement de Tom, c'est Anthony mon superviseur. Si Tom m'a fait appeler dans son bureau, c'est pour un tout autre motif. Je n'ai aucun doute quant au sujet qu'il souhaite aborder :

— Tu as conscience que Carla est une grande fille et que je n'ai pas à surveiller ses moindres faits et gestes. C'est elle qui fixe les rendez-vous, j'ajoute avant qu'il ne puisse dire quoi que ce soit.

— Oui, mais tu es sa meilleure amie. Je reste persuadé que tu as les moyens et les arguments pour la convaincre.

— Comment s'est terminé le premier tête-à-tête ? j'interroge.

Il me fixe, quelque peu surpris.

— Je pensais qu'entre nanas vous vous racontiez tout.

— J'ai eu un week-end très chargé, j'ajoute pour ma défense. Nous n'avons pas encore eu le temps de débriefer.

C'est un demi-mensonge. Carla n'a simplement pas souhaité répondre à mes questions.

— Disons que cela n'a pas eu la finalité escomptée.

Il s'assied sur le bord de sa table, regardant ses doigts, il continue :

— Si tu pouvais…

Je me lève d'un bon :

— Notre contrat est clair.

— Je pourrais rallonger ta…

— Ne termine pas cette phrase ! je le coupe en pointant un index menaçant sur lui. Notre. Contrat. Est. Clair. Un mois ! Je t'ai donné un mois ! Je t'en ai énuméré les règles. Carla décide où, quand et combien de fois ! Tu as accepté.

Je me place alors en face de lui, fumante :
— Maintenant, tu avales ta frustration de mâle en chaleur et tu laisses faire les choses. Sinon, la bimbo qui te sert de secrétaire ne termine pas sa journée ici. Tu vois ? Moi aussi je sais lancer des menaces mal placées.

Il me regarde intensément. Ses pupilles sont dilatées. Il est excité. Il avance une main pour me toucher et je recule.
— Que...
— Serais-tu libre ce soir ? tente-t-il.

Je me retourne et quitte le bureau dans un coup de vent. Mais bien sûr ! Juste à l'idée de lui sur moi, encore une fois, mes poils se hérissent. Spécialement maintenant que je connais un peu plus l'énergumène. Il en est hors de question. Je fonce immédiatement vers Carla. Percevant mon aura d'ondes négatives, celle-ci se lève à mon approche.

— Luna, qu'est-ce qui se passe ?
— Fixe-lui un rendez-vous ! je lui murmure en grinçant des dents.
— Qui ?

Elle regarde par-dessus mon épaule et aperçoit Tom qui referme le bureau, ses yeux s'attardant quelques secondes sur nous. Elle lui fait un signe et un sourire, puis se retourne vers moi.

— Oh ! Oui, bien sûr. Un tête-à-tête sera organisé avant ce soir. Je te promets. Puis-je t'assister pour autre chose ?

Je prends une grande inspiration.

— Non... non, merci Carla. À tout à l'heure.

Je la laisse là et continue en direction de mon bureau. Cette semaine ne pouvait pas aussi mal commencer. Une fois à l'intérieur, je lis le message de Daniel et rédige une réponse immédiatement. Pour aujourd'hui, je privilégie un instant avec Tybalt. Je sens que j'en ai besoin. « Demain soir ? Je te redis pour le lieu et l'heure ». J'envoie. La confirmation ne se fait pas attendre.

La sonnette retentit. Tybalt est arrivé.

Carla sort enfin de la salle de bains et je m'empresse d'y entrer.

— Peux-tu ouvrir à Tybalt pendant que je me rafraîchis rapidement ? je demande.

— Bien sûr, me dit-elle avec un grand sourire.

Heureusement, la soirée se passera à la maison. Il n'y a donc pas besoin de faire trop de chichi. Je jette un œil au reflet que me renvoie le miroir. Juste un peu de mascara suffira. Une fois la chose appliquée, je sors de la pièce pour rejoindre mes deux amis dans la cuisine. Je m'approche de Tybalt et dépose une bise sur chaque joue.

— Bonsoir, bella ! Comment vas-tu ?

— Disons que j'avais vraiment, mais vraiment besoin d'un peu de Tybalt attitude.

— Awww honey... Viens là !

Il met ses bras autour de moi et me serre fort contre lui. Je ferme les yeux, appréciant son étreinte.

— En effet, je crois que je n'avais jamais vu Luna aussi en colère. Je pensais qu'elle allait m'arracher la tête.

J'ouvre un œil et étudie Carla dont l'expression témoigne encore l'ahurissement de l'après-midi. Un sourire se dessine sur mon visage alors que je continue de me laisser câliner par mon meilleur ami. Une fois rassasiée, je me dégage de son étreinte et lui pose un baiser sur la joue pour le remercier :

— Tu es un amour.

Puis, je viens m'installer sur un des tabourets du bar pour observer Carla préparer les cocktails. Enfin… essayer du moins.

— Hum… Puis-je avoir un coup de main, Tybalt ? capitule très vite Carla.

Celui-ci, après un roulement d'yeux explicite, reprend la relève, tandis que ma colocataire s'assoit près de moi. Je sens que le moment de l'interrogatoire est arrivé.

— Alors, alors ? commence-t-elle.

— Toi, d'abord ! je lui jette, en espérant que son monologue lui fera oublier ma vie sexuelle, même si c'est mal la connaître.

— Par où débuter ?

Elle se frotte les mains dans

l'anticipation de son récit alors qu'un grand sourire s'installe sur son visage.

— En tout cas, Luna, la coupe Tybalt, Eoin a complètement craqué pour l'étalon qui t'accompagnait. Je ne crois pas l'avoir vu autant baver devant un homme. À part moi bien sûr, dit-il en me faisant un clin d'œil.

Zut ! La remarque de Tybalt fait perdre le fil à Carla et l'attention se redirige sur ma personne.

— Il était canon à ce point ? Mince ! Je n'ai même pas pris le temps de bien le regarder.

— Et c'était comment ? demande Tybalt. Eoin aimerait des informations.

— Il ne s'est pas complètement déshabillé, je commence par révéler, quelque peu joueuse.

Je souhaite les laisser mariner et supposer le pire. Carla entre la première dans le jeu.

— Tu veux dire qu'il a gardé ses chaussettes ? Argh, je déteste les hommes qui font ça, c'est tellement peu glamour.

Tybalt m'observe. Je parviens difficilement à retenir un sourire.

— Non, non, ce n'est pas ça, contredit-il en tapotant son index sur son menton. Vous n'avez pas couché ensemble, continue-t-il dans sa réflexion. Quelque chose t'a déplu. Son corps ? Son membre ? Son parfum ?

Je souris de plus belle, en dévoilant toutes mes dents, puis j'éclate de rire.

— Bon, OK, je vous raconte.

Tybalt nous tend les cocktails prêts. Nous trinquons et j'entame mon récit.

— Il ne s'est occupé que de moi.

— Que veux-tu dire par là ? demande Tybalt.

— Nue et allongée sur le lit, tout mon corps y est passé. Il m'a couverte de caresses et de baisers. Et, il m'a octroyé le meilleur cunnilingus depuis longtemps. Il a cependant refusé que je le touche. Et pourtant j'en avais tellement envie ! Il est bâti comme un dieu. Il a gardé son sous-vêtement pendant tout l'acte.

— Et après ? questionne Carla, curieuse.

— Après… rien, je réponds simplement. Il n'a pas voulu que je m'occupe de lui.

Mes amis se regardent.

— Même pas une petite fellation ? Enfin,

tu ne l'as pas branlé non plus ? interroge Tybalt.

— Absolument rien, je conclus en portant le verre à ma bouche et en avalant une gorgée du breuvage préparé par mon meilleur ami.

— Et il est parti ? demande Carla, estomaquée.

— Non...

— Il y a eu un round two, se rassure Tybalt, un sourire de satisfaction sur les lèvres, content d'avoir percé le mystère.

— Pas du tout, je le contredis. C'est tout le sexe qu'il y a eu ce soir-là.

— Vas-y, explique-toi ! reprend Tybalt. Je suis perdu.

— J'avoue que moi aussi, ajoute Carla. Cela ne m'est jamais arrivé.

J'adore l'effet que mon histoire a sur mes camarades.

— En fait... Je le revois demain...

— Ah ça non ! Ce n'est pas notre deal, s'exclame Carla.

— Le but n'était pas de me dénicher un mec qui me fasse grimper aux rideaux ? Je l'ai trouvé. Je ne te parle pas d'un petit ami, mais d'un amant. Il ne souhaite rien de sérieux. Et je continuerai nos soirées-bars. Même que je prendrai les numéros des deux, trois intéressés qui viendront m'aborder.

— Tu le promets ? s'inquiète Carla.

— Croix de bois, croix de fer, je réponds en dessinant le signe sur mon cœur.

Je souris et lève mes yeux sur Tybalt. Il m'observe d'un air soupçonneux et après quelques secondes interminables crache le morceau :

— Un mâle, magnifique qui plus est, et qui baise comme un dieu ? Un homme, qui prend soin de sa partenaire, et qui ne souhaite rien de sérieux ? Sais-tu seulement dans quoi tu t'engages ?

— Il a eu le cœur brisé. Il n'est pas prêt pour quoi que ce soit, j'argumente.

— Je parle de toi. C'est dangereux.

— Je ne tomberai pas amoureuse, je lui réponds en fronçant les sourcils.

Il reste silencieux, se contentant de me regarder fixement. J'insiste :

— Je ne tomberai pas amoureuse, c'est juré.

Il hausse les épaules, saisit son verre et avant de boire une gorgée ajoute :

— Tu es grande, tu sais ce que tu fais. Mais… je t'aurai prévenue.

Pour changer de sujet, je me tourne vers Carla :

— Tu as pris rendez-vous avec Tom ?

Elle éclate de rire :

— On dirait que tu parles du dentiste.

Ce qui m'arrache un sourire.

— Oui, nous nous voyons à nouveau vendredi. Honnêtement, j'espère qu'il en vaut la peine, car je suis plutôt satisfaite sexuellement, en ce moment. D'ailleurs, hormis vendredi soir, je ne serai pas libre du week-end. Stanislas m'emmène dans un resort. Je me réjouis. En parlant de ça, je prends congé pour lundi, me dit-elle.

— Tu poseras ton jour, comme tout le monde, au travail demain.

— Mais tu sais que je suis tellement nulle avec ce genre de choses, gémit-elle.

Je pousse un soupir d'exaspération :

— Très bien, tu passeras à mon bureau.

— Merci !

La conversation continue sur Carla et ses différents amants, puis sur la comparaison entre ceux-ci. Je suis pour ma part absorbée ailleurs. Vivement demain.

Chapitre 7

L'invitation

Je n'arrive pas à me concentrer sur mon travail. Ma tête se trouve à une dizaine de kilomètres de là, dans un appartement avec une vue imprenable sur le lac. Assise à mon bureau, je regarde par la fenêtre. Carla me ramène à la réalité.

— C'est ici que je clique ?

Je me redresse pour jeter un œil à ce qu'elle me montre. Placée à côté de moi, elle désigne sur l'écran le lien qui approuvera sa demande de congé pour lundi.

— Oui, c'est bien ça.

Elle appuie et l'ordinateur, en plus du bip significatif, affiche un message de validation.

— Ahah ! s'exclame-t-elle. J'en étais sûre que j'y arriverais.

Je secoue la tête en roulant les yeux au ciel avant de lui répondre avec un sourire :

— Je n'en ai jamais douté.

Elle se recule pour s'installer plus confortablement sur sa chaise. Elle agrippe ensuite la tasse de café qu'elle avait jusque-là délaissée. Elle commence à siroter. Puis, d'un air plus sérieux, elle me confie :

— Tu sais, j'apprécie vraiment de travailler ici.

— J'en suis ravie.

Puis, ne la voyant pas bouger, j'ajoute :

— En parlant de bosser, je pense qu'il est l'heure de nous remettre au boulot, tu ne crois pas ?

Toujours pas de mouvement. Elle se tourne vers moi et me regarde intensément.

— J'espère que je ne te mets pas

trop de pression avec toutes ces sorties. J'ai conscience que ta charge de travail demeure bien plus imposante que la mienne.

J'exprime un hoquet de surprise :

— Oh ! Hum… non… non ! Ne t'inquiète pas, je la rassure en posant une main sur son bras. Et puis, c'est moi qui t'ai mise dans cette galère. Il est normal que je te rende la pareille.

Elle continue de me fixer de cet air sérieux et ajoute :

— Je suis ravie que tu l'aies fait. M'utiliser, je veux dire. Jusque-là, c'est toujours toi qui m'as tendu la main sans jamais rien demander en retour. C'est ce que j'essayais de te dire. Merci de m'avoir référée dans cette compagnie, merci de m'avoir acceptée comme colocataire et merci… pour ça, conclut-elle en désignant l'ordinateur qui affiche encore la validation de son jour de congé.

Je rougis légèrement. Je n'ai pas l'habitude que Carla me témoigne une telle gratitude. Je m'en montre quelque peu émue.

— Je t'en prie.

Je me penche pour la prendre dans mes bras. Notre étreinte dure quelques secondes, après quoi elle se lève et quitte le bureau. Me voilà à nouveau seule avec mes pensées. Je suis reconnaissante d'avoir Carla dans ma vie. Elle apporte, certes, tout un amas de galères et de défis, mais aussi de la légèreté, de l'humour et une panoplie de jolies couleurs. Je souris à cette pensée. Mon portable vibre, m'arrachant à ma rêverie. Il n'est que huit heures trente-deux. Qui peut m'écrire à cette heure-là ? Je le déverrouille et recherche le nom de mon interlocuteur : Daniel. Je me rends sur WhatsApp pour lire le contenu du message : « Je dois annuler pour ce soir, j'ai un empêchement ». Mince ! Je repose mon téléphone, dégoûtée. Est-ce que je parle à Carla de ce revirement de situation ? Ce serait malhonnête de ne pas lui dire, je lui ai fait une promesse. Mais cela veut dire retourner au bar et flirter avec d'autres hommes. Après les délices de ma rencontre avec Daniel, je ne souhaite pas vraiment retomber sur un mauvais coup. Je regarde encore une fois le message qui apparaît, illuminé par le rétroéclairage de l'écran. Je répondrai plus tard. Je dois me concentrer sur mon travail.

La journée est passée plutôt rapidement. Il y a tant à faire depuis la fusion. Heureusement, aucune interruption de Tom ou Anthony n'a eue lieu, ce qui me permet de terminer à l'heure. Je vérifie une dernière fois mes e-mails. Satisfaite, j'éteins l'ordinateur, nettoie la surface de mon bureau et me lève. Je pousse ma chaise contre la table, saisis ma veste et me dirige vers la sortie. Là, Kevin m'ayant vue approcher se redresse pour m'accueillir.

— Tu t'en vas ?

— Oui, j'ai fini pour aujourd'hui. Tu peux terminer maintenant aussi, si tu le désires. Je te souhaite une bonne soirée, Kevin. À demain.

Il me regarde partir, puis se rassoit pour continuer son travail. Arrivée à l'ascenseur, je suis rejointe par Anthony qui appuie sur le bouton d'appel :

— Bonsoir Luna.

— Bonsoir, je réponds avec un sourire.

— La journée s'est bien passée ?
— Oui très bien, je vous remercie. Et pour vous ?

Il hoche la tête puis ajoute :

— Le travail se montre de toute façon plus facile lorsqu'on collabore avec des éléments tels que vous. Vous rendez ma vie plus agréable.

Je ne sais pas comment prendre sa remarque et ne peux m'empêcher de piquer un fard. Je réponds d'une petite voix :

— Je vous remercie.
— C'est tout naturel.

Les portes de l'ascenseur s'ouvrent et nous nous glissons tous les deux à l'intérieur. J'appuie sur le numéro correspondant à la sortie. Il continue la conversation :

— Avez-vous prévu quelque chose pour ce soir ?

— Je devais voir un ami, mais cela a été annulé.

Des images de Daniel entre mes cuisses me reviennent en tête et la déception prend place sur mes traits. Je sens le regard d'Anthony sur moi. Je lève des yeux interrogateurs. Il ouvre la bouche, puis la referme, hésitant. Enfin, les mots finissent par franchir ses lèvres :

— Oserais-je vous inviter ?

Il ajoute précipitamment :

— Je me rends compte que cela n'est pas très orthodoxe. Je suis votre supérieur. Et j'ai conscience que cela fait plusieurs années que nous travaillons ensemble. Cependant, il y a quelque chose de changé. Je…

Je continue de l'observer tandis qu'il me balance son discours d'une traite. Ne sachant plus trouver les mots, il rougit. Je pense n'avoir jamais vu Anthony Beauchamp piquer un tel fard.

— Cela ne doit pas forcément se produire ce soir, ajoute-t-il. Ce week-end peut-être ?

J'ouvre la bouche, mais il me coupe avant que je n'aie pu parler :

— Réfléchissez-y, OK ? Si la réponse devait se montrer négative, je ne m'en offusquerais pas. C'est ma faute. Il me faut quelques fois du temps pour voir ce qui se trouve juste sous mon nez.

C'est une vraie déclaration. Je n'en crois

pas mes oreilles. Je ne sais pas ce qui se passe depuis quelques semaines. Les joues toujours rosées, je balbutie :

— Hum… Merci pour la proposition. Je vais devoir décliner pour ce soir, le désistement a déjà été remplacé. Pour ce week-end, j'accepte cependant avec plaisir. Quel jour vous arrangerait ?

L'ascenseur atteint sa destination alors qu'il réfléchit à une réponse.

— Vendredi ?

— Très bien, c'est noté, je lui dis en souriant.

Nous sortons tous deux de l'ascenseur et marchons dans le couloir en direction de la porte. Il l'ouvre et galamment me cède l'accès.

— Je vous souhaite une excellente soirée, Luna.

— Merci ! À vous aussi, Anthony.

Aussitôt hors de ma vue, je saisis mon téléphone et compose le numéro de Tybalt.

— Coucou ! C'est moi ! Puis-je passer chez toi ce soir ? Ah ! Euh non… Il a annulé. Quelque chose de vraiment bizarre vient de se produire cependant…

Non, justement, je ne souhaite pas sortir. Enfin… à part me trouver en ta compagnie, bien sûr. J'ai besoin d'un break. OK… Très bien. Oui, ça me va. À dix-neuf heures. À toute ! Bisous.

Je raccroche. Je ne vais pas en parler immédiatement à Carla. Je vais sortir de toute façon, peu importe avec qui et où. Je joue avec les mots. Et puis, avec un peu de chance, je ne la croiserai pas à l'appart et je n'aurai donc pas à m'expliquer.

J'arrive chez Tybalt. Heureusement, aucune confrontation avec Carla n'a eu lieu. Cette dernière a certainement profité de la soirée pour retrouver Stanislas ou je ne sais quelle autre conquête. Je ne l'en blâme pas. Cela m'a au moins laissé un moment de sursis. Je devrai cependant lui dire la vérité la prochaine fois que nous nous verrons.

Je sonne à la porte de Tybalt qui vient immédiatement m'ouvrir. Il me fait la bise :

— Bonsoir, bella. Entre !

Je pénètre les lieux en me dirigeant vers les différentes pièces à vivre. Eoin se trouve à la cuisine, en train de mijoter, par l'odeur, un délicieux mets.

— Bonsoir, Eoin.

Je m'approche de lui et je lui colle un gros bisou sur la joue.

— Ciao, ma belle ! Je t'ai comptée pour le repas. Ai-je bien fait ?

Mon ventre se met alors à gargouiller comme pour répondre à ma place et nous éclatons de rire. Je lui balbutie un merci accompagné d'un grand sourire.

— Ce sera prêt dans vingt minutes. Je te laisse rejoindre le salon en attendant.

Tybalt qui a assisté à la fin de l'interaction s'approche d'Eoin :

— Je peux t'aider pour quelque chose, baby ?

— Tout se trouve sous contrôle, je te remercie, mon amour. Occupe-toi de notre invitée. J'ai pensé à placer une bouteille de Moscato dans le frigo. Il me semble que Luna en raffole.

— Une coupe ? me demande Tybalt.

— Avec plaisir.

Je m'installe sur le canapé, suivie peu après par mon meilleur ami portant deux verres.

— Voilà, ma chérie. Maintenant, crache le morceau !

— Je me sens un peu perdue, Tyb. Certes, mon nouveau style capillaire, qu'entre parenthèses j'adore, et tous ces vêtements qui savent mieux mettre ma silhouette en valeur tournent, apparemment, la tête des hommes. Mais, je ne me reconnais plus. J'ai l'impression d'être une autre femme, plus téméraire. Mon audace quant à l'obtention de ma promotion en reste la preuve. Jamais, l'ancienne Luna n'aurait osé jeter son amie ainsi en pâture.

Je prends une grande inspiration, puis je continue :

— Coucher avec autant d'hommes, ce n'est pas mon genre. Tu le sais très bien. Ce n'est pas une question de frigidité. Mon corps m'appartient et nonante pour cent des plans d'un soir cherchent juste à se satisfaire. Il n'y en a que pour leur compte. Quitte à rencontrer un mauvais coup, je préfère me prodiguer un orgasme toute seule.

Tybalt me laisse parler. Il voit que je n'ai pas terminé et continue à siroter sa boisson tout en ayant les yeux braqués sur moi.

— Cela ne fait qu'une semaine et plusieurs autres restent encore à venir. J'ai donc pris la décision de me trouver un amant assez intéressant pour me préserver de tomber dans le jeu du « un mec par jour ». Idée que tu m'avais d'ailleurs suggérée.

Il acquiesce.

— Je me répète, mais cela ne fait qu'une semaine, Tyb. Et j'en suis déjà fatiguée.

Il me fixe longuement, puis tentant de crever l'abcès, pose la question cruciale, ignorant tout de mon précédent monologue. Il sait que tout mon discours n'est qu'une manière d'éviter de parler du sujet qui n'a pas quitté mes pensées depuis que je suis sortie du travail. Il me connaît par cœur.

— Que s'est-il passé, Luna ?

Je prends une grande inspiration.

— Anthony m'a invitée à manger. Vendredi soir.

Eoin pointe sa tête par l'entrée du salon en quête de plus d'informations :

— Anthony ? Ton chef ?

Je remue le menton de haut en bas pour acquiescer.

— Tu lui as dit quoi ? demande-t-il.

— Et bien, il m'avait proposé ce soir, à la base, lui ayant mentionné que mes plans étaient annulés, mais j'ai décliné et il a suggéré de remettre cela au week-end.

— Et ?

— Elle a apparemment dit oui, le coupe Tybalt.

— OK, OK ! Je vous laisse continuer. Mais je veux connaître la suite, ordonne Eoin tout en retournant à la cuisine.

— Tu n'as jamais arrêté d'en pincer pour lui, n'est-ce pas ? me demande Tybalt.

Je secoue la tête.

— Je n'en parlais simplement plus, sachant qu'il n'y avait aucun espoir.

— Et puis, te voilà toute changée. Une promotion que tu gères d'une main de maître, un nouveau look, un esprit plus sauvage, ajoute-t-il finalement en me faisant un clin d'œil. Et enfin, tu attires l'attention de ce cher Anthony Beauchamp.

— Ce n'est pas moi qui lui plais, je lâche dans un souffle.

Tybalt éclate de rire.

— Ce n'est pas toi qu'il vient juste d'inviter pour un repas romantique en tête-à-tête ?

— Il a été séduit par la Luna excentrique, sexy, décisionnaire. Je ne suis pas cette fille. Je suis une invention de Carla.

Tybalt s'approche et me prend la main.

— Luna, ne comprends-tu donc pas ? Tu t'es révélée. Cette femme que Carla a un peu taquinée et a forcée à sortir, c'est toi. Je ne t'ai, honnêtement, jamais vue aussi heureuse. L'autre Luna n'était qu'une ombre. Depuis que tu as décidé de lâcher prise, tu rayonnes. Tout a commencé à cette soirée pour mon anniversaire où tu as voulu nous montrer et, surtout, te prouver à toi-même que tu vaux plus que ça. Tu es sortie de ta zone de confort. Ton esprit a aimé le résultat et il continue de te pousser en dehors de tes retranchements.

Je réfléchis à ses paroles. Eoin passe à nouveau la tête par la porte et ajoute :

— Tybalt a raison.

— Bien sûr que j'ai raison, mon amour, répond celui-ci.

— Vous pouvez venir à table, c'est prêt, annonce-t-il encore avant de disparaître.

— Tu le veux ton Anthony ? me questionne Tybalt.

— Depuis cinq ans.

— Et bien, prends-le bella ! Prends-le ! Comme tu as pris ta promotion, comme tu as pris ce nouvel amant qui t'a donné l'orgasme du siècle, prends-le !

En parlant d'amant, je demande :

— Qu'est-ce que je fais de Daniel ?

— Et bien, s'il revient et que tu as envie de le voir, fonce ! Rien n'est encore écrit entre Anthony et toi. Et puis, il n'y a pas de mal à se faire du bien.

Je hoche la tête et souris. Nous nous levons pour rejoindre Eoin dans la salle à manger et entamer le repas.

Je dois me mettre au clair vis-à-vis de Carla. Je ne lui ai toujours pas dit que la soirée avec Daniel avait été annulée et que j'en ai profité pour voir Tybalt. Tout comme elle n'est pas au courant pour Anthony non plus. Elle n'a pas demandé à sortir mardi ou mercredi, occupée de son côté avec ses différents amants. Ce n'est pas très correct de ma part, nous avons passé un marché. Ce n'est cependant pas ma faute si Daniel a décommandé à la dernière minute. Et puis, j'ai un rendez-vous avec lui, ce soir. Cela compensera la nuit manquée. Je me réjouis, d'ailleurs. Rien qu'à l'idée des mains et de la bouche de Daniel sur moi, hummm. Une chaude moiteur commence à se répartir à l'intérieur de mes cuisses. Nous avons continué d'échanger des SMS, quelques fois torrides, mais rien de tel qu'un peu de peau contre peau. Je sens mes joues rosir légèrement. Il faut que je pense à autre chose. La culpabilité m'empêchant également de me concentrer sur mon travail, je décide de régler le problème Carla en premier. J'appuie sur l'interphone :

— Kevin ?
— Oui Luna ?
— Peux-tu demander à Carla de venir à mon bureau, s'il te plaît ? Dès qu'elle le pourra.
— Bien sûr, répond-il. Je m'en occupe tout de suite.

Je m'adosse à ma chaise et essaye déjà

de trouver les mots. La susceptibilité n'est heureusement pas un défaut de Carla, mais un deal reste un deal. Je ne souhaite pas qu'elle ajoute des semaines supplémentaires à ma sentence.

Comme je m'y attendais, il ne faut que peu de temps avant que mon téléphone ne sonne et que Carla me soit annoncée. Chaque prétexte pour ne pas travailler est tiré à profit.

— Bonjour bella, chante-t-elle en passant la porte.

— Salut, ma chérie, je réponds en souriant.

Je me lève pour l'accueillir. Un regard satisfait apparaît dans ses yeux alors qu'elle me scrute de haut en bas.

— J'observe que la méthode Carla commence à prendre sur toi. Ce complet blanc te sied à ravir.

— Oh ! Tu es un amour, je la remercie chaleureusement.

Nous nous faisons la bise, puis comme à son habitude, Carla pose une fesse sur mon bureau alors que je retourne m'asseoir. Je vais droit au but :

— Carla, je n'ai pas passé la nuit avec

Daniel mardi, car il a annulé. Je le verrai par contre ce soir. Nous aurions pu sortir. J'ai failli à notre engagement, j'ajoute d'une mine piteuse.

— Ne t'inquiète pas, ma chérie. Tybalt m'a tout raconté.

— Oh ? Très bien. Je suis désolée, j'aurais dû te le confier tout de suite.

— Comment y serais-tu parvenue ? Je me suis absentée ces derniers jours. Stanislas encore… Il me manque déjà, avoue-t-elle en se mordant les lèvres.

— Le téléphone existe aussi, j'argumente.

— N'en parlons plus, termine-t-elle en effectuant un geste de la main pour me dire de passer à autre chose. Par contre, Daniel ce soir, hein ?

— Hmm hmm, j'acquiesce. Mais, il y a autre chose, je continue.

— Ce n'est pas encore au sujet de notre marché ? Parce que le sujet est vraiment clos.

— Non. Vendredi, j'ai rendez-vous avec Anthony Beauchamp.

Le hoquet de surprise lui fait perdre l'équilibre et il en faut peu pour qu'elle tombe du bureau.

— Pardon ?

— Lundi, il m'a invitée. Il m'emmène au restaurant. Enfin, je crois.

— Tu es sûre que ce n'est pas un effet de ton imagination, s'inquiète-t-elle en tâtant mon front afin de percevoir si j'ai de la fièvre.

— Non, je te le promets, fais-je en repoussant sa main.

— Et bien ! Si j'avais parié qu'Anthony Beauchamp se déciderait un jour à tenter sa chance.

Je fronce les sourcils :

— Que veux-tu dire par là ?

— Qu'il te reluque depuis des années ! Pas forcément d'une manière caliente, mais il a toujours porté un regard intéressé sur toi.

Puis prenant une pause, elle ajoute :

— Tu devrais me remercier. Le traitement Carla, en plus d'avoir eu un effet bénéfique sur ton apparence et ta personnalité, lui a apparemment permis de te voir sous un autre jour.

Elle claque des mains comme une enfant et part dans un rire tonitruant, puis renchérit :

— En gros, grâce à moi, tu auras obtenu une promotion et plus de sexe que tu n'auras eu depuis des années.

L'hilarité de Carla et ses remarques justifiées ne peuvent m'empêcher d'éclater de rire à mon tour. Je conclus par un :

— Tu exagères un petit peu… Mais en effet, je te remercie. Je sens cependant que la facture va être très salée.

Me faisant un clin d'œil, elle reconfirme ensuite :

— Tu vois toujours Daniel ce soir, hein ?

— Tybalt m'a confié qu'il n'y avait pas de mal à se faire du bien. Et j'ai assez attendu un homme pour ne pas sauter sur les occasions qui se présentent. Surtout si elles prennent la forme du beau et attentionné Daniel.

Carla me sourit. Ses leçons ont apparemment porté leurs fruits.

La sonnette retentit. Aujourd'hui, c'est Daniel qui fait le déplacement. Carla, comme convenu, s'est absentée. J'ai l'appartement pour moi toute seule.

J'ai quitté le travail un peu plus tôt afin d'avoir le temps de nettoyer. J'aime posséder une maison propre pour recevoir. Un coup d'œil final au miroir pour vérifier que le maquillage, la coupe et la tenue choisie se trouvent au poil, puis je me dirige vers la porte pour lui ouvrir. Lorsque j'aperçois Daniel, je fonds. Est-ce possible qu'il se soit encore embelli depuis la dernière fois ?

— Bonsoir, je l'accueille timidement.

— Bonsoir, Luna. Je t'ai apporté ces fleurs.

Il me tend un bouquet et je m'en trouve confuse. Je croyais qu'il ne souhaitait rien de sérieux.

— Je te remercie. Elles sont ravissantes. Je t'en prie, entre !

Je me dirige vers la cuisine afin de chercher un vase où y mettre les fleurs tandis que Daniel referme la porte. Il vient ensuite se placer derrière moi. Entreprenant, il passe ses bras autour de ma taille et commence à m'embrasser la nuque.

— Mmmhhh... Tu m'as manqué, chuchote-t-il.

J'abandonne les fleurs, et me retourne pour lui faire face. Il me soulève le menton de sa main et, ses lèvres trouvant les miennes, enfonce sa langue fiévreuse dans ma bouche. Son baiser se montre brûlant, passionné. Nos deux bouches, en manque l'une de l'autre, se remplissent de salive, laissant nos langues entamer leur danse. Je me colle contre lui et peux déjà sentir son pénis en complète érection. Je le veux à l'intérieur de moi, maintenant, tout de suite. Daniel me soulève de terre alors que je passe mes jambes autour de sa taille, mes bras derrière sa nuque, mes mains dans ses cheveux.

— J'ai envie de toi, me souffle-t-il.
— Deuxième à droite, je lui réponds.

Il prend alors le chemin de ma chambre en me portant et en continuant de m'embrasser. Là, il me jette sur le lit. Je me rapproche du bord de ce dernier afin de me trouver assise en face de sa braguette. Tandis qu'il est occupé à ôter sa chemise, je demeure en charge de défaire la ceinture maintenant son pantalon. Celle-ci retirée, j'ouvre le bouton, puis la fermeture éclair de son jean que je baisse jusqu'à ses chevilles. Je lève mon regard sur lui. Le désir se montre bien présent dans ses pupilles dilatées. Il passe une main délicate sur mon visage, puis caresse mes cheveux. Je prends soin alors de descendre le vêtement qui retient encore le sexe prisonnier. Le pénis est là, en face de moi, beau, dur, gorgé de sang. Je l'observe. Je suis contente de le rencontrer, enfin. Je glisse mes doigts sur sa surface, puis saisissant la verge, je commence à coulisser la peau de bas en haut, découvrant sa douceur et sa flexibilité. Il faut que je le goûte. Alors sans attendre, je le prends dans ma bouche. Daniel émet un gémissement. Ma langue experte tourne autour du gland lisse et chaud. Tandis que ma main continue le mouvement de va-et-vient contre le phallus de plus en plus dur. Après des minutes de délice, Daniel au supplice me demande :

— Je… hummmm… je te veux ! Ohhh….

Je lève mon visage vers lui :

— Tu es sûr que tu ne souhaites pas que

je te fasse jouir ?

Son sexe hors de ma bouche lui permet de reprendre contenance :

— Déshabille-toi et allonge-toi, ordonne-t-il.

J'enlève mes vêtements, puis me couche sur le lit. Il est lui aussi à présent complètement nu. Il se pose sur moi, frottant son membre en érection contre mon pubis. Ses lèvres retrouvent les miennes, recommençant le manège de baisers fougueux. Mmmhhh. Il glisse alors deux doigts à l'intérieur de mon vagin, je gémis. La cadence est douce et profonde, imitant le mouvement du pénis. Il utilise ensuite mon humidité afin de caresser le clitoris. Ses doigts se montrent experts, divins, je suis en extase. Le rythme de mon souffle s'intensifie et mes gémissements gagnent en volume, tandis que le va-et-vient de ses doigts à l'intérieur de moi s'intensifie.

— Je te veux ! Viens ! Viens ! je hurle presque.

Il se redresse et s'en va chercher la protection adéquate dans la poche de ses jeans. Puis celle-ci mise, se replace entre mes jambes. Je saisis son membre de la main afin de le guider au bon endroit. Je me laisse alors complètement aller à l'extase de ce moment.

— Notre première pénétration, susurre-t-il à mon oreille.

Je gémis tandis que sa verge, centimètre par centimètre, vient combler l'espace de mon intimité. Le plaisir, immense, me coupe le souffle. Je me sens enfin entière. Mes mains sur ses fesses, je le retiens un instant afin de savourer cet instant de pure jouissance. Je le libère ensuite, lui permettant de ressortir doucement. Des frissons remontent le long de ma colonne vertébrale et des vagues de délice envahissent mon vagin. Il enfonce encore plus profondément sa verge à l'intérieur de moi. Je me laisse transporter. Le balancement devient plus rythmé et plus fougueux. Nos bruits de plaisir gagnent en intensité. Nous continuons ainsi un moment, lui dessus, menant la danse. Puis, il me demande :

— Tu veux venir sur moi ?
— Oh que oui !

Il s'installe sur le dos et je me mets à califourchon sur lui. Encore une fois, je guide son sexe à l'intérieur de moi, m'asseyant sur lui, l'autorisant à me pénétrer plus profondément encore. Je gémis. Que c'est bon! La taille de son membre est parfaite. Je me penche sur lui, me glissant en avant afin de permettre à sa verge de presque sortir de mon intimité, puis par de savants coups de reins, je ne stimule que le gland. Celui-ci, touchant mon point G, m'excite davantage alors que je sens Daniel au supplice. Puis, par un puissant renversement de mon bassin, je le laisse me pénétrer à nouveau complètement. Il gémit plus fort, son visage se contorsionnant de plaisir et ses mains s'agrippant à mes hanches.

— Wouah! On ne m'avait jamais fait un truc pareil.

— Tu aimes?

— Je t'en prie, hummm... continue!

Il ne m'en faut pas plus. Je reprends la juste maîtrise entre mes petits coups de reins taquins et ses profondes pénétrations. Je me trouve au bord de l'extase. Seulement, j'ai besoin de la stimulation de mon clitoris. Il le sent. Il attrape ma main et guide mes doigts à sa bouche afin d'y recueillir de la salive, puis les dirige en direction de mon bouton du plaisir. Experte en la matière, connaissant mon corps depuis plus de trente-et-un ans, mes doigts jouent avec ce centre de la jouissance, le caressant, tournant autour, faisant des aller et retour entre mes lèvres gonflées. L'orgasme approche. Cependant, j'en veux toujours plus.

— Tu me prends par-derrière ?
— Une levrette ?
— Hum hum… je réponds.
— Avec plaisir.

Je me mets à genoux alors qu'il se place derrière moi. Dans l'ordre de mes préférences, je pourrais classer, l'andromaque comme ma position favorite, puis vient la levrette. Je reste là, le cœur battant, attendant que nous ne fassions à nouveau plus qu'un. Je n'ai heureusement pas longtemps à patienter. Tous deux bien trop excités, nous savons que la délivrance se trouve proche.

— Je ne tiens pas beaucoup dans cette position, me confie-t-il.

— Ne t'en fais pas, je n'en ai pas pour longtemps non plus.

Alors commencent les va-et-vient. La cadence, lente et douce, pour débuter, je perçois toute la surface de sa verge contre les parois de mon vagin. C'est divin. Le rythme ensuite s'accélère. Après avoir humidifié mon clitoris avec de la salive, j'en reprends le massage. Les pénétrations se montrent de plus en plus profondes. Des frissons arpentent maintenant tout mon corps tant le plaisir se montre exquis. Enfin, alors que je suis à deux doigts de perdre le contrôle, il me dit :

— Je vais venir !

— Continue... moi aussi... hum.... oh oui ! Vas-y ! Plus fort !

Les derniers coups de reins sont forts et puissants. Je sens alors la vague de l'orgasme quitter mon entrejambe pour parcourir tout mon corps jusqu'à ma tête. Je gémis à l'unisson avec mon amant. Je me laisse tomber sur le lit, le ventre contre le matelas. Il suit mon mouvement et gardant son membre à l'intérieur de moi vient se poser en douceur sur moi. Nous restons ainsi pendant un instant d'une longueur indéterminée, heureux d'avoir partagé ce moment de délice, reprenant notre souffle. Je sens son cœur battre la chamade contre la peau de mon dos.

— C'était divin, me confie-t-il.
— Ça l'était pour moi aussi.
— Je vais te laisser respirer, dit-il alors en se relevant.

Il se dirige ensuite hors de la chambre afin de trouver un endroit où jeter le préservatif. Je me couche sur le dos, attendant son retour. Il revient avec deux verres d'eau :

— J'ai pensé que tu avais peut-être soif.
— Je te remercie.

Je me redresse pour prendre le récipient qu'il me tend et en avale quelques gorgées avant de le poser sur ma table de nuit. Daniel s'allonge à côté de moi. Il lève un bras afin que je puisse poser ma tête sur son épaule, ce que je réalise immédiatement. Une fois contre lui, je le caresse tout doucement ; le pectoral, puis l'épaule, le biceps, l'avant-bras, et la main. Je remonte ensuite, l'effleurant à peine.

— Mmmhh ça fait du bien, murmure-t-il alors qu'il me caresse à son tour le dos.

— C'est une des choses que je préfère, avoué-je, les câlins d'après l'amour. C'est ce qui me manque le plus, je crois.

— Tu sais que je ne veux rien de sérieux.

— Tu n'as pas à me le répéter, je renchéris d'une voix douce, sans agressivité, j'ai compris.

— Très bien. Je n'ai juste pas envie de te briser le cœur.

— Ne t'inquiète pas, cela ne risque pas d'arriver. Du coup, cela ne te gêne pas si je vois d'autres hommes ?

— Il n'y a aucun problème pour moi. Juste, ne m'en parle pas.

Je remue la tête pour approuver et lui dire que j'ai compris. Je me blottis contre lui, respirant son odeur de mâle. Je ne vais pas lui parler d'Anthony.

— On se revoit quand ? je demande.

— Je te le ferai savoir.

Ses gestes, son odeur, sa voix, mon corps à peine assouvi en redemande. J'ai soudain à nouveau envie. Mes gestes se montrent plus passionnés. Je me redresse pour l'embrasser alors que je descends ma main vers son sexe déjà en érection. C'est reparti pour un deuxième round, encore meilleur.

Chapitre 8

Ne pas tomber plus bas

Nous y sommes. Le moment est arrivé. Je vais enfin passer une soirée entière en tête à tête avec Anthony. J'ai du mal à y croire.

— Est-ce que ma robe convient ? Mon maquillage n'est pas trop élaboré ? je me renseigne auprès de Carla.

— Tu es parfaite. Le rouge te sied vraiment à merveille.

— Merci...

Ma voix varie entre des tons stridents et

des tremblements. Je me trouve bien trop excitée.

— Il passe te chercher ici ? me demande ma colocataire.

— Oui. Je le rejoins devant l'immeuble.

Je lance un dernier coup d'œil à ma réflexion afin de vérifier que les plis de la robe tombent gracieusement. J'ai choisi un modèle très classique pour l'occasion, clairement inspiré des années new-look. Le haut moulant de la robe recouvre complètement mon décolleté et mon dos. Les bras demeurent nus. Le bas du vêtement s'écarte depuis la taille et descend jusque sous le genou. Le tissu, semi-rigide, permet au volant de faire quelques vagues, tout en restant bien en place. Un jupon apporte du volume. Mon maquillage simple, mais sophistiqué, n'est composé que d'un unique trait d'eye-liner noir et de rouge à lèvres de la même couleur que la robe.

La sonnette retentit et je sursaute. Laissant mon reflet, je me rends vers l'interphone dont je décroche le combiné.

— Oui ?

— C'est Anthony.

— Je descends tout de suite ! je lui réponds aussitôt.

Saisissant mon sac et mon boléro qui m'attendent déjà sur le portemanteau de l'entrée, j'ouvre la porte. Je me retourne vers Carla. Celle-ci lève deux mains pour montrer ses doigts croisés. Je ne dis rien, mais affiche un sourire timide pour la remercier de ses encouragements.

— N'oublie pas de t'amuser, ajoute-t-elle avant que je ne referme la porte sur moi.

Je passe le pas de l'immeuble et me retrouve en face d'un Anthony bien différent du quotidien. Il s'est mis sur son trente-et-un : un smoking, rien que ça ! De le voir ainsi, sachant qu'il ne s'agit ni d'une réunion de travail ni d'un séminaire professionnel, mon cœur commence à battre la chamade. Il se trouve là, rien que pour moi.

— Bonsoir, Luna.

— Bonsoir, Anthony.

Il m'accueille alors que je descends les dernières marches qui me séparent de lui et de la voiture noire qui nous emmènera au restaurant. Il me tend une rose que je saisis avec un sourire de remerciement.

Tout en déposant une main sur ma hanche, il se penche afin d'embrasser ma joue.

— Je vous trouve ravissante, me chuchote-t-il à l'oreille.

Son souffle sur ma peau me fait frissonner. Je respire une bouffée de son parfum qui anime instantanément les papillons dans mon ventre.

— Merci, je réponds timidement.

— C'est par ici, m'indique-t-il en se dirigeant lui-même vers la voiture.

Il ouvre la portière afin de me laisser m'y installer. Nous nous asseyons tous les deux sur les sièges passagers.

— J'ai pris un chauffeur afin qu'il nous soit plus agréable de dialoguer. Je souhaitais vous accorder toute mon attention ce soir.

— C'est une charmante idée.

Il me sourit, puis entame maladroitement un sujet de conversation.

— Comment s'est passée votre semaine ?

— Je pense que vous connaissez déjà tout de mon emploi du temps, je le taquine avec un clin d'œil.

Il affiche un sourire gêné.

— Pardonnez-moi. Je n'ai plus l'habitude des rendez-vous galants.

— Ce n'est pas grave, je le rassure en prenant les rênes de la discussion. Parlons-nous comme si nous nous rencontrions pour la première fois. Que voudriez-vous savoir, si j'étais... hum... une amie de votre sœur, par exemple ?

Avoir été son assistante pendant quelques années me donne une longueur d'avance. Je connais tout de son arbre généalogique.

— Faisons ainsi ! accepte-t-il en me souriant. Je pense que la première chose que je vous demanderais serait : pouvons-nous nous tutoyer ?

Bien que surprenante, sa question reste logique. Il est temps de faire tomber les barrières.

— Cela me convient, j'acquiesce.

— Très bien. Hum... Par quoi commencer ? Luna, vas-tu au sport ? Pardon, c'est certainement le cas... Tu sembles très fit... Hum... je veux dire...

Et pour la deuxième fois, je vois mon boss rougir. Je n'ajoute aucune remarque et réponds :

— Oui, Anthony, je me rends au fitness plusieurs jours par semaine. J'aime beaucoup me dépenser. Cela me fait autant de bien physiquement que psychologiquement. Et toi ?

— Du fitness également. J'ai commencé il y a cinq ans et j'y prends, comme toi, beaucoup de plaisir.

Je lui souris. Le sujet de conversation lancé semble animer Anthony d'une nouvelle ferveur. Il en connaît apparemment bien plus que moi. Nous ne voyons pas le temps passer. Mon patron termine de me décrire l'une de ses machines préférées quand la voiture s'arrête et la portière s'ouvre.

— Mademoiselle, monsieur, nous sommes arrivés.

Alors que nous marchons en direction de la table qui nous a été réservée, je ne peux m'empêcher de me demander le sens que prendra la discussion. Je pense que question sport, nous avons fait le tour du sujet. Anthony posséderait-il moins de verbe que ce que j'avais imaginé ou cela reste-t-il de la timidité ? Je dois me montrer patiente, il ne s'agit que du début de la soirée.

Le serveur tire la chaise pour me permettre de m'asseoir tandis qu'Anthony s'installe en face de moi. Les menus nous sont ensuite remis.

— Que prendrez-vous comme apéritif ? demande l'homme qui nous assistera pendant tout le repas.

Anthony me regarde et me laisse commencer :

— Un martini, avec une rondelle de citron, s'il vous plaît.

— Un whisky avec deux glaçons pour moi, ajoute Anthony.

La commande passée, nous lisons la carte des mets.

— Que me recommandes-tu ? C'est la première fois que je viens dans cet endroit, je confie à mon boss.

— Es-tu plutôt viande ou poisson ?

— Actuellement, j'évite les aliments d'origine animale.

— Végane ?

— Tant que je peux l'être, oui, je réponds d'un sourire.

Anthony prend la carte et se met à la

parcourir.

— Ah ! Là ! me montre-t-il. Leur risotto de champignons est apparemment une tuerie.

Les risottos contiennent généralement du fromage, ce qui va à l'encontre du véganisme. Je regarde cependant ce qu'il me désigne :

— Tu vois les petits symboles à côté du plat ? Ils indiquent que leur recette n'inclut rien d'animal.

— Très bien, je valide avec un grand sourire. Allons-y pour le risotto aux champignons !

J'observe mon rencart tandis qu'il commande un morceau de viande pour lui-même, ainsi que le vin qui accompagnera notre repas. Le serveur ayant quitté notre table, je décide de reprendre les rênes de la discussion.

— Anthony, est-ce que ton travail te plaît ?

— Oui, beaucoup. Particulièrement depuis que je suis devenu partenaire principal. J'aime gérer une compagnie, annonce-t-il fièrement. Je ne dois répondre de personne. Il faut naturellement tout apprendre : comment engager les bons employés, comment déléguer, comment vendre et comment faire entrer plus d'argent qu'il n'en sort.

Il me fait un clin d'œil.

— Et toi, Luna, tu aimes ta profession ?

— Oh oui ! Beaucoup ! Merci encore pour cette opportunité !

— Tout le plaisir est pour moi, ajoute-t-il avec un sourire.

Nos plats nous arrivent et nous commençons à parler de nos familles respectives, puis de nos amis.

— Carla semble vraiment compter beaucoup pour toi. Du moins, c'est ce que j'ai cru comprendre, me confie Anthony.

— Oui, elle possède une place importante dans ma vie. On s'entraide beaucoup. Je lui ai trouvé son premier travail dans la compagnie et elle me rend d'autres genres de services.

Je ne peux m'empêcher de rougir en pensant à notre contrat. Alors que les assiettes de nos desserts terminés nous sont enlevées, Anthony continue la conversation :

— Je ne devrais peut-être pas te

demander, mais cela me trotte dans la tête depuis un moment. Que s'est-il passé entre Tom et toi pour qu'il te refuse la promotion ?

Mon visage adopte alors la même teinte que ma robe.

— Hum…

J'hésite à le lui révéler. Mais d'un autre côté, l'honnêteté reste primordiale dans une relation et je ne souhaite pas démarrer quelque chose qui soit basé sur un mensonge ou un non-dit. Je prends une grande inspiration et je crache tout d'un coup :

— Nous avons couché ensemble et cela ne s'est pas très bien terminé.

Je lis la surprise sur le visage d'Anthony. Il ne s'en était, apparemment, pas douté une seule seconde. Il écarquille des yeux, puis fronce les sourcils :

— Je vois, énonce-t-il d'un ton très froid.

J'aurais peut-être dû me taire. Je l'interroge :

— Quel est le souci ?

— Je ne pensais pas que vous étiez ce genre de femmes.

Il repasse au vouvoiement et mon sang

ne fait qu'un tour.

— Et de quel genre s'agit-il ? je demande, furieuse.

Son regard, que j'interprète comme étant du dégoût, me fait frissonner. Il ne laisse pas échapper un seul mot.

Je me lève d'un bond :

— Comment osez-vous ?

Je jette ma serviette sur la table, puis quitte le restaurant sans un regard en arrière. Anthony ne cherche pas à me retenir.

Arrivée dehors, la pluie tombe à verse. Je suis trempée en moins de temps qu'il ne faut pour le dire. Je reste là, dégoulinante, me laissant envahir par mes pensées. Un seul rendez-vous, après cinq ans à l'attendre. Je me rends compte maintenant que c'est exactement ce que je faisais. Un unique dîner et j'ai tout foiré. Maudits soient Tybalt et Carla et leur besoin de me faire sortir de ma zone de confort. Tout comme je souhaite que cette nuit avec Tom ne se soit jamais passée. Au diable ce putain de contrat. Même si je demeure la seule véritable responsable de ce fiasco, il me faut ce soir mettre la faute sur la Terre entière. Cependant, sans cette fête où tout a commencé, la vraie Luna n'aurait jamais vu le jour et Anthony aurait continué à m'ignorer. Mon estomac se contracte à l'idée de mon retour au bureau lundi. Je ne souhaite pas expérimenter ce regard d'Anthony sur moi une autre fois. Ma gorge se serre tandis que les larmes affluent. Il me faut un verre.

J'appelle un taxi et me glisse à l'intérieur. Je suis cette fois complètement trempée.

— Vers le premier bar sur votre chemin, je lui demande.

— Très bien, mademoiselle.

Il jette un œil inquiet dans le rétroviseur :

— Vous allez bien ?

Je tourne mon regard vers la rue :

— Cela ira bien mieux lorsque j'aurai descendu quelques shots.

Il ne lui faut pas beaucoup de temps pour ajouter :

— Nous sommes arrivés. Dix dollars, s'il vous plaît.

— C'est un peu cher pour deux minutes

de course, j'argumente.

— Vous venez d'inonder mon taxi. Je trouve au contraire que c'est peu payé.

Je ne tiens pas à me quereller et lui tends le montant demandé. Je sors du véhicule et referme la porte sans un autre mot. Je lève les yeux sur l'enseigne du bar devant moi : *The Lost Soul*. J'éclate de rire. Le videur apercevant mon comportement un brin hystérique me barre le chemin.

— Je crois que vous avez trop bu, mademoiselle.

— Je n'ai même pas encore commencé, répliqué-je, alors que je pars en sanglots. J'ai besoin d'un verre…. S'il vous plaît…

Il m'attrape par les épaules :

— Il ne vous est rien arrivé de mal, n'est-ce pas ? s'inquiète-t-il en faisant des yeux le tour de la rue puis en m'observant de haut en bas. Je peux appeler la police.

Je secoue la tête vigoureusement.

— Non… Non… C'est juste mon cœur qui vient d'éclater en petits morceaux.

Je me rapproche de lui tout en continuant de pleurer. Je pose ma tête dégoulinante d'eau contre son torse. Il me dépasse d'au moins une tête et demie.

Il tapote sa grosse main sur mon dos :
— Là... Là... Tout va bien se passer. Suivez-moi ! ajoute-t-il doucement.

Il ouvre la porte et m'accompagne jusqu'au bar.

— Un verre pour la demoiselle, demande-t-il au barman. C'est la maison qui offre.

Je lève de grands yeux reconnaissants sur lui :

— Merci... Monsieur ?
— Jim.
— Merci Jim...

Je tente un sourire.

— Je dois retourner à l'entrée. Prenez bien soin de vous, OK ?

Je remue ma tête de haut en bas et tourne mon attention sur le barman qui attend ma commande. Le videur me laisse afin de rejoindre son poste.

— Votre alcool le plus corsé... et en double dose !

Il acquiesce et s'en va préparer mon verre. La boisson ne se montrant pas très élaborée arrive très vite devant moi et je la termine d'une traite. J'en exige une autre dans la foulée. Je ne sais même pas ce que j'ingurgite. Derrière moi, des gens vont et viennent. Je ne les remarque pas, bien trop absorbée à pleurer ma situation. Il m'a traitée de prostituée, ou de quelque chose dans le genre. Enfin… C'est ainsi que je le ressens.

— Luna?

Je me retourne afin d'apercevoir l'importun qui ose me sortir ainsi de mon ruminement. Kevin, mon assistant, pointe alors le bout de son nez. Ses traits montrent de l'inquiétude à mon égard. Je lui octroie un grand sourire puis me jette à son cou.

— Kevin ! Que fais-tu ici ?

Il me sourit en retour, heureux de mon attention envers lui.

— C'est mon lieu de prédilection. C'est dans ce bar que je viens le week-end avec mes potes.

Je lève la tête pour observer le groupe qui l'accompagne et qui attend poliment un peu en retrait que leur ami les retrouve. Tous affichent la petite vingtaine.

— Tu veux te joindre à nous ?

J'accepte cette opportunité par un grand

sourire. Je tente alors de de quitter mon tabouret, mais mes jambes ne me tiennent déjà plus. J'ignore ce que j'ai bu, ou depuis combien de temps je suis attelée à la tâche, mais le remède semble avoir eu l'effet escompté ; je suis ivre. Kevin me rattrape.

— Tout doux. Je ne pense pas que tu devrais continuer avec ça, ajoute-t-il en prenant mon verre pour en renifler le contenu.

Je pointe un doigt accusateur sur sa poitrine :

— Et moi je pense que mon assistant de sept ans mon cadet, n'a pas à me dire comment je dois me comporter. Je suis une femme libre et indépendante, insisté-je en brandissant mon poing haut dans les airs tout en haussant le ton.

Quelques regards curieux se tournent dans ma direction.

— Je fais ce que je veux !

Kevin sourit :

— Très bien, capitule-t-il. Tu es ma boss. C'est donc toi qui commandes. Suis-moi ! C'est ici que ça se passe ! Tiens, prends mon bras !

Je m'accroche à lui comme à une bouée de sauvetage. Il me conduit vers le fond de la salle où une table leur a apparemment été réservée. Ce sont des habitués. S'en suit une interminable lignée de shots que j'arrête de compter. Je ne me montre de toute façon plus en état. Le temps passe et l'alcool m'a déjà destitué de ma bonne élocution et de mon sens de l'équilibre. Assise sur le canapé, j'observe Kevin qui chuchote quelque chose à l'oreille de son ami. Celui-ci me lance un regard puis répond à mon assistant par un sourire carnassier et un hochement de tête approbateur. Kevin s'approche de moi :

— Je pense que c'est le moment de rentrer, Luna. Viens, je vais te raccompagner.

— Nooooooonnnn… Je m'muse bien… Alleeeeeez ! On v'danser…

J'enroule mes bras autour de sa nuque et dans un élan, l'embrasse. Je sais qu'il ne me repoussera pas. Voilà des mois qu'il n'attend que ça. Pour preuve, il se laisse faire et passe même plusieurs minutes à me rouler des pelles. Il me prend ensuite par la main et me chuchote à l'oreille :

— Allons chez toi !

Kevin ne m'attire pas. Il est jeune, un brin fougueux et pas très respectueux des femmes, les utilisant un peu comme des mouchoirs jetables. Cependant, il possède un pas d'avance sur Anthony : lui ne m'a pas traitée de pute.

Nous sortons du bar et je m'arrête vers le videur.

— Jim ! je chante en lui affichant mon plus beau sourire. Mon ami !

Je vais lui donner un hug.

— Jim, tu vois ce jeune homme ? je lui chuchote en pointant mon doigt sur Kevin.

— Vous le connaissez ? me demande-t-il, protecteur.

— C'est mon 'ssistant…hic ! je réponds, alors que le hoquet semble maintenant de la partie. Et on va avoir du sexe… Mais… hic ! Cchhhhhuuuutttt….

Je place mon index sur ma bouche. Jim jette un œil sur Kevin qui, gêné, commence à se dandiner d'un pied sur l'autre.

— Quelles sont vos intentions ?

l'interroge le videur.

— Je vais juste la ramener chez elle, le rassure le jeune homme.

Jim hoche la tête. Il s'avance sur le trottoir et siffle un taxi. Puis, il se tourne vers moi :

— Une fois chez vous, vous avalez un grand verre d'eau et une aspirine, OK ? Et direct au lit !

— Bien sûûûûûr... hic ! je lui réponds par un clin d'œil qui en dit long.

Il me prend par le coude et me dirige vers la voiture qui attend. Kevin tient la portière ouverte. Je m'installe à l'intérieur. Le chauffeur me regarde, puis se retourne vers Kevin alors que celui-ci s'assoit à côté de moi :

— Si elle vomit, je double le prix de ma course.

Kevin acquiesce puis lui donne mon adresse. Le taxi démarre.

Je me sens secouée.

— Luna, nous sommes arrivés.

Pendant quelques secondes, je ne sais plus où je me trouve. Je lève mon regard sur Kevin. Il sort d'une voiture et me tire par le bras afin de m'évacuer moi aussi de l'habitacle. Je le suis docilement.

— À quel étage habites-tu, Luna ?
— Qua'rième…

J'ai du mal à garder les yeux ouverts. Maintenant que le sommeil a pris possession de mon corps, je n'arriverai à rien faire d'autre que dormir. Je reste la tête appuyée contre l'épaule de Kevin alors que celui-ci cherche les clés dans mon sac à main.

— C'est par ici, ajoute-t-il, en me portant à moitié.

Je suis une épave. Je le laisse me guider, sans trop prendre conscience de ce qui se passe.

Une fois à l'intérieur de l'appartement, tout est éteint. Carla n'est pas rentrée. J'ai l'habitude et je ne m'en offusque pas. Je ne me montre de toute façon pas en état de m'inquiéter pour elle en cet instant. Kevin, en respectant le silence, m'aide à me déshabiller. M'asseyant au bord de mon lit, il défait mes chaussures et les emporte, certainement pour les ranger dans mon dressing. Il y reste pour ce qui me semble une éternité. Puis, revenu, avec un paquet de vêtements, il se place devant moi.

— Lève les bras, Luna.

Je m'exécute. Descendant la fermeture éclair de ma robe, il la tire ensuite afin de la passer par-dessus ma tête. Je me retrouve la poitrine à l'air. Il se met à genoux devant moi. Je me sens somnoler. Je ferme les yeux, juste un instant.

— SORS D'ICI IMMÉDIATEMENT !

Les cris, puis le claquement de la porte me réveillent de ma torpeur. Je me trouve nue sur mon lit.

Quelqu'un entre dans la chambre et je sens une couverture se rabattre sur mon corps frissonnant. Puis, une main chaude et douce caresse mon visage.

— Luna... Oh Luna ! Que s'est-il passé ?

Tout me revient alors en tête. Ma vue se brouille tandis que les larmes envahissent mes yeux.

— Carlaaaaa....

Je me mets à sangloter. Je me redresse pour m'asseoir et mon amie vient se placer à côté de moi afin de m'enserrer de ses bras. Je hoquette de tristesse.

— Il m'a traitée de pute.

Je recommence à pleurer de plus belle.

— Qui ? Cette petite enflure de Kevin ? Quand je suis arrivée, il prenait des photos de toi. Dis-moi qu'il ne t'a pas touchée.

— Je ne... crois pas... non... je réponds en ayant du mal à revenir à une respiration non saccadée par les sanglots.

— Je vais en référer aux RH, ajoute-t-elle.

— C'est moi les ressources humaines, je lui rappelle en riant et en pleurant en même temps.

Nous éclatons alors de rire et un poids semble momentanément s'envoler de ma poitrine. Carla attire ma tête à son épaule et commence à me caresser les cheveux.

— Que s'est-il passé, ma chérie ? Tu étais si belle, si radieuse ce soir. Où est Anthony ?

— J'ai quitté le restaurant, je continue en reniflant. Je lui ai révélé que j'avais couché avec Tom.

Carla ouvre de grands yeux.

— Mais pourquoi ? m'interroge-t-elle comme si je venais de dire la chose la plus stupide au monde.

— Je... Je ne voulais pas que notre relation démarre sur des cachoteries. Il m'a posé une question directe et j'y ai répondu.

— Et comment a-t-il réagi à cela ?

— Il s'est fermé. J'avais l'impression de me trouver en face d'un glaçon. Il a dit... hum... il a dit « Je ne pensais pas que vous étiez ce genre de femme ».

— Non ? réplique-t-elle choquée en plaçant une main sur sa bouche. Quel connard !

Je n'arrive pas à acquiescer à ses propos. Anthony sera toujours qualifié, dans mon esprit, par des adjectifs plus nobles.

— Jim m'a conseillé de prendre un verre d'eau et une aspirine.

Carla reste un peu perplexe :

— Qui est Jim ?

— Le videur.

Notre conversation n'a ni queue ni tête et Carla semble comprendre qu'il est temps de suivre les conseils de Jim et de me border. Elle m'installe dans le lit :

— Je reviens.

Elle arrive quelques secondes plus tard

avec dans la main le remède miracle. Je saisis le comprimé que j'avale, accompagné du verre d'eau que je bois d'une traite. Je me cale ensuite au fond des draps. Carla se penche vers moi, me caressant les cheveux, comme une mère avec un enfant. Puis, elle pose un baiser sur mon front.

— Dors bien, ma chérie ! Ça ira beaucoup mieux demain, tu verras.

Alors qu'elle sort de la pièce et referme la porte afin de me permettre de dormir, j'autorise une dernière larme à couler le long de ma joue. Puis, oubliant tout, je me laisse happer par les ténèbres.

Chapitre 9

Le licenciement

La couverture sur les jambes, une tasse de thé fumant dans les mains, j'essaye de me concentrer sur ma lecture. Mes vacances restent rares et dans le cas où j'en prends, je les programme généralement minutieusement. Anthony devrait cependant comprendre ce soudain besoin de repos. Les dernières semaines m'ont éprouvée, tout autant professionnellement que personnellement. Je n'ai naturellement évoqué que la fatigue ressentie à la suite de la fusion. Espérons qu'Anthony sache montrer une certaine éthique et que Tom n'y verra pas une excuse pour prolonger mon temps d'essai. Carla, elle, s'est rendue au travail pour étudier les commérages. Elle souhaite cependant avant tout garder un œil sur Kevin et les actions prises concernant les photos de l'autre nuit, du moins jusqu'à ce que je revienne et le licencie. Quel sale petit pervers ! J'attends Tybalt. Il devrait arriver accompagné de pâtisseries. Il me faut de la douceur. La sonnette retentit et je me lève pour répondre à l'interphone.

— Je t'ouvre.

Je me tiens dans l'encadrement de la porte attendant de le voir apparaître au bout du couloir. Plus il approche, plus mes yeux s'humidifient.

— Oh, bella… Mais que s'est-il passé ?

Il laisse le sac de victuailles à terre et m'enlace. Je commence à pleurer à chaudes larmes. Nous restons ainsi quelques instants, dans les bras l'un de l'autre.

— Viens, ma chérie ! Allons à l'intérieur,

nous serons plus confortables.

Ramassant les pâtisseries, Tybalt place ensuite un bras sur mes épaules et me guide jusqu'au salon. Nous nous posons sur le canapé. Je me réinstalle dans le coin et remets la couverture sur mes genoux. Tybalt se lève pour aller chercher des assiettes et dispose les friandises dessus. Même si elles me tentent beaucoup, mon estomac semble bien trop contracté pour avaler quoi que ce soit. Mon meilleur ami s'assoit en face de moi et attend le récit. Je ne me fais pas prier et lui conte tout ce qui s'est passé ce soir-là. Il sait mettre les intonations aux bons endroits, ajouter un mot réconfortant quand il le faut et prendre mon parti lorsque je témoigne de l'énervement. Il est ce qu'on appelle : une oreille attentive. Alors que mon discours se termine et que je peux enfin respirer, Tybalt, d'un regard des plus sérieux, en déduit :

— Tu l'as toujours placé sur un piédestal ton Anthony Beauchamp.

Tybalt me prend par surprise. Puis, en y réfléchissant bien, j'avoue qu'il a raison.

— Je l'ai attendu. Je ne m'en étais pas

rendu compte jusque-là, mais cela fait cinq ans que je patiente.

— Hum hum, confirme Tybalt.

— Qu'est-ce que je fais maintenant ? je lui demande, avec des larmes dans les yeux. Comment puis-je me présenter au travail avec ce qui s'est passé ?

— Ma chérie, commence-t-il, tu es une femme forte et indépendante. Tu es belle, ambitieuse, tu sais ce que tu veux dans la vie. Et surtout, tu connais ta valeur. Tu es un diamant. Tu ne vas quand même pas autoriser un homme à te faire douter de toi ? Tu mérites mieux que ça.

Je me redresse alors dans le canapé. Je passe ma main sur mon visage pour enlever les traces que les larmes ont laissées.

— Tu as raison ! Je mérite d'être traitée avec toute la déférence qui se doit. Je ne vais pas permettre à un homme, à qui il a fallu que je devienne blonde pour me remarquer, de me manquer de respect.

Tybalt m'offre un grand sourire :

— La voilà ma Luna battante ! Je préfère ça !

Nous trinquons avec nos tasses de thé,

puis je me penche pour enfin attraper un macaron pistache.

— Quant à Kevin…

— Mmmoui ? je demande la bouche pleine.

— Je vais lui démonter la tête à cette petite enflure, s'énerve Tybalt.

— Ne t'inquiète pas, Carla se trouve déjà sur le coup. Je ne pense pas qu'il y survive.

— En effet, je ne donne pas cher de sa peau.

Nous nous mettons alors à rire. L'ambiance étant plus légère, nous nous autorisons des discussions plus positives. Je lui raconte ma nuit avec Daniel et avec quel soin il m'a fait l'amour. Heureusement que j'ai pris la décision de le revoir. Au moins une note colorée dans ma vie. Vivement le prochain rendez-vous.

Je me repose sur mon lit lorsque je perçois le bruit de la clé qui tourne dans la porte d'entrée. Carla est de retour. Je l'entends se défaire de ses affaires puis aller dans sa chambre. Ce n'est pas dans ses habitudes de se montrer aussi silencieuse. Vivant avec elle depuis des années, le vacarme qui accompagne ses allées et venues ne me dérange plus. Je regarde l'heure sur mon téléphone. Il est bien trop tôt, elle ne peut pas s'être déjà couchée. Pour confirmer mes dires, j'entends quelques coups frappés à l'entrée de ma chambre.

— Tu peux venir Carla.

La porte s'ouvre doucement et mon amie pénètre dans la pièce.

— J'ignorais si tu dormais, confie-t-elle timidement.

— Non, non. Il est un peu trop tôt, même pour moi.

Je tapote le lit pour l'inviter à s'asseoir à côté de moi. Un sourire se dessine sur son visage et elle se précipite pour s'installer. Maintenant qu'elle est là, je brûle de tout savoir :

— Comment ça s'est passé au bureau aujourd'hui ?

— Par où commencer ? débute-t-elle en levant les yeux au plafond et posant son index sur son menton. Ah oui ! Kevin !

J'inspire profondément et attends son récit. Vu l'état dans lequel je me trouvais ce soir-là, il ne me reste des événements qu'un gros trou noir. Selon les dires de Carla, il aurait pris des photos de moi, nue. Il ne manquerait plus que je termine sur les pages d'un site pornographique.

— Lorsque je suis arrivée, il était attablé à son bureau, en plein travail. Je ne sais pas s'il se rendait compte de ce qui l'attendait. Bref, je me suis précipitée vers lui et ai immédiatement saisi son portable qui traînait par là.

***

— Rends-le-moi ! ordonna Kevin.
— Non ! Tu as pris ces photos sans son accord. Je sais que tu n'as aucune intention de les détruire, donc c'est ton portable entier qui va partir à la poubelle, lança Carla d'une voix forte.

Kevin jeta des regards autour de lui tandis que plusieurs personnes, interpelées par le bruit, s'étaient levées de leurs chaises afin de voir ce qui se passait. Il baissa alors le ton :

— Rends-le-moi ! Je te promets de les effacer, ajouta-t-il, entre ses dents.

— Je ne te crois pas, continua Carla en

augmentant le volume. Tu es un sale petit pervers et cette histoire va comparaître devant les RH. Tu ferais mieux de préparer tes affaires. Dès que Luna est de retour, tu es viré !

Le teint de Kevin pâlit, mais le jeune homme retrouva très rapidement son flegme :

— Luna a trop besoin de moi, se défendit-il en bombant le torse.

— Parce que tu crois qu'après ce coup bas, elle aura envie de te garder à ses côtés ?

Les épaules de Kevin s'abaissèrent.

— Il ne s'est rien passé... Je n'aurais pas pu... Je l'aime, avoua-t-il d'une voix presque inaudible.

Carla ouvrit grands les yeux de surprise :

— Et bien, tu as une drôle de manière de le montrer, lui répondit Carla plus doucement cette fois.

Les curieux, voyant les choses se calmer, retournèrent à leurs occupations.

***

— Ensuite, il est parti s'asseoir et ne pouvant rien faire de plus, car je ne possède pas le poste de responsable des ressources humaines, je suis partie.

Je réfléchis aux propos de Carla. J'ai toujours pensé que Kevin me voulait sur son tableau de chasse, mais je n'aurais jamais imaginé qu'il puisse avoir des sentiments pour moi. Je secoue la tête pour remettre mes idées en place. Je regarde Carla :

— Qu'as-tu fait de son portable ?

— Il l'a récupéré. Je ne pouvais pas le garder, cela s'appelle du vol. Et puis, il avait certainement déjà sauvegardé des copies. Je lui ai cependant demandé de les effacer. Il a acquiescé. Je doute qu'il s'y attèle vraiment.

Elle réfléchit un instant puis ajoute :

— Je crois qu'il a pris les photos pour lui. Pour pouvoir se masturber en pensant à toi.

Elle sourit et je fais de même.

— Oui, je le crois aussi, je confirme à moitié en pouffant de rire. Cependant, je dois me séparer de lui. Il demeure, certes, un assistant en or. Mais ce qu'il s'est passé…

— Vas-tu porter plainte ?

— Je ne sais pas encore. Cela pourrait anéantir sa vie.

— Oui, mais, me coupe Carla, cela l'empêcherait de réitérer. Tu ne souhaites pas qu'il arrive la même chose à qui que ce soit d'autre, n'est-ce pas ?

— Je reste persuadée qu'il y a une autre solution, je continue. Il n'y a jamais eu de vraie réclamation. Juste quelques ragots et potins de femmes avec lesquelles il a couché et qui se sont senties utilisées. Il ne reste pas l'unique homme coupable dans ce domaine. Je devrais en parler avec Anthony. Seulement cela s'est passé le même soir que ma sortie avec lui. Je ne souhaite pas qu'il connecte les deux événements.

— Dis-lui simplement que tu as reçu une plainte et que tu as besoin de son avis sur la question.

Je réfléchis à tout ça. Oui, la solution se trouve peut-être là. Et puis, de revoir Anthony pour un sujet sérieux permettra de remettre notre relation sur un plan strictement professionnel. Il ne faut pas qu'il découvre que je suis la victime. Encore moins que cela est arrivé le même soir que notre rencard.

— Je vais procéder comme ça, je réponds à Carla avec un grand sourire. Merci de ton aide.

Elle se penche pour me prendre dans ses bras.

— On peut passer à la suite ?

Avec toute cette histoire, j'en ai presque oublié que bien que je ne sois pas retournée travailler, Anthony Beauchamp, lui, a continué de parader dans les couloirs de l'entreprise. Je ne sais pas si je souhaite entendre la fin du récit de Carla.

— Vas-y, je lance en fronçant les sourcils, anxieuse.

— Tom est venu me voir à mon bureau. De lui-même, cette fois, comme tu étais absente. Il a enfin osé prendre les choses en main et m'inviter en face-à-face. Tu te rappelles que pendant que tu sortais avec Anthony, vendredi soir, j'avais moi rendez-vous avec Tom.

Tout cela m'était sorti de la tête. Je reste à l'origine du contrat qui oblige Carla à fréquenter Tom Fitzmartin et je suis là à ne penser qu'à ma petite personne.

— Oh, je suis désolée Carla, j'ai oublié. Alors ? Comment ça s'est passé ?

— Je ne peux pas t'en vouloir avec toutes ces histoires.

Elle se penche pour me poser un baiser sur le front, puis continue :

— Nous avons mangé dans un charmant restaurant thaï. La nourriture était divine. Tout se passait bien. Il a commencé à me raconter des choses plus personnelles sur sa famille. C'était presque touchant. Et puis, ne sachant pas comment gérer le côté émotionnel de ce genre de situation, il est reparti sur ses blagues sexistes. J'ai encaissé tout le reste du rencard. Et au moment de nous en aller, il m'a proposé de nous rendre chez lui. J'ai alors pris une grosse inspiration et je lui ai dit : « Tom, j'ai beaucoup apprécié la première partie de la soirée. C'était agréable de constater que vous n'étiez pas qu'un homme au sens de l'humour déplorable à tendance sexiste ».

— Nooooonn ? je réponds en écarquillant les yeux.

— Si, si, confirme-t-elle avec un grand sourire. Attends ! Ce n'est pas tout ! Je lui ai ensuite confié que s'il souhaitait un autre rendez-vous, il fallait qu'il change son comportement. Que je ne comprenais pas comment il avait réussi à mettre des femmes dans son lit jusque-là et que c'était bien dommage, car je restais curieuse de le voir nu !

J'éclate de rire, impressionnée.

— Et qu'a-t-il répondu ?

— Il est resté coi. Il m'a regardé monter dans le taxi, puis partir sans lui. Je l'ai abandonné là, sur le bord de la route. Je reste très fière de ma sortie.

— Et donc, je demande impatiente, il est venu te voir pour t'inviter, aujourd'hui ?

— Oui. Il m'a avoué avoir prévu quelque chose de spécial.

— Tu vas y aller ?

— Bien sûr ma chérie, confirme-t-elle en me caressant la joue. Nous sommes liées par un contrat.

Je me sens tout d'un coup mal à l'aise. Je me rends compte de tout ce que Carla a fait pour moi ces derniers jours. Elle demeure une femme remarquable. Et moi qui l'oblige à continuer de voir ce rustre.

— Tu peux tout arrêter si tu le souhaites, tu sais… je murmure.

Elle me regarde intensément pendant de longues secondes, puis répond :

— Cela faisait longtemps que je ne m'étais pas autant amusée. Et cela me fait plaisir de passer tout ce temps avec toi. On ne fait normalement que se croiser. J'ai l'impression que ça a solidifié nos liens.

Je ne peux qu'acquiescer. Depuis le début de cette histoire, j'ai découvert des facettes de Carla que je n'aurais pas vues autrement. Elle rend ma vie plus belle. Je lui prends la main pour lui montrer que le sentiment est partagé.

— Et puis, je m'en voudrais d'avoir eu à orchestrer tout ceci sans que tu obtiennes ta promotion.

J'affiche un sourire timide de remerciement.

Le retour au travail se montre difficile. Debout, devant la cage d'ascenseur, les papillons m'ont clairement abandonnée. À la place se tient une colonie de fourmis rouges, transformant mes entrailles en crampes douloureuses. C'est tout juste si j'arrive à respirer. Dans quelques minutes, je vais revoir Anthony. Il faut que je lui parle. Pas de nous, mais de Kevin. J'ai fait en sorte de me rendre au travail avant tout le monde afin d'éviter de rencontrer mon assistant. Connaissant mes horaires par cœur, il parvient toujours à me devancer. Je croise les doigts pour qu'un peu de temps me soit octroyé avant que je n'aie à lui faire face. Juste de savoir que je me suis retrouvée nue devant lui, mes joues s'empourprent. Enfin, ce n'est pas comme si d'autres hommes ne m'avaient pas déjà vue à poil. Mais c'était consenti. Et puis ici, nous parlons de Kevin.

Les portes de l'ascenseur s'ouvrent et alors que je m'apprête à entrer dans la cabine, je me trouve nez à nez avec Anthony Beauchamp. Mon estomac se contracte davantage.

— Luna ! s'exclame-t-il, surpris.

— Hum… Bonjour, Anthony, je réponds aussi rouge qu'une pivoine, prise au dépourvu.

— Avez-vous passé de bonnes vacances ?

Je ne souhaite pas rentrer dans la sphère personnelle et, pour couper court à toute tentative allant dans cette direction, je demande aussitôt :

— Pouvez-vous m'accorder du temps ? Il y a un sujet sérieux dont j'aimerais vous parler. Le plus vite possible serait le mieux.

Il rougit. Peut-être pense-t-il que le point à aborder nous concerne.

— Hum… Oui, bien sûr. J'ai simplement oublié quelque chose dans ma voiture. Je fais l'aller-retour et je reviens. Je vous laisse déjà prendre place dans mon bureau. J'arrive immédiatement.

— Très bien. À tout de suite.

Les portes de l'ascenseur se ferment sur mon boss. Alors que je monte aux étages supérieurs, je me rends compte que les papillons ont véritablement disparu. Je me sens soudain très triste.

Je suis heureuse de n'apercevoir Kevin nulle part. Une chose en moins dont je dois m'inquiéter. Je ne sais pas trop comment aborder le sujet avec Anthony. Toutes les plaintes demeurent anonymes. Je suis la responsable des ressources humaines et tout échange qui se passe dans mon bureau y reste confidentiel. Je n'aurai donc pas à avouer que l'accusation demeure en fait la mienne. Ensuite, et bien, je devrai convoquer Kevin et lui donner la nouvelle. Ce ne sera pas chose facile. Carla m'a dit qu'il était amoureux de moi. Certes, mais prendre des photos sans le consentement de l'être aimé n'est certainement pas la meilleure façon de le conquérir.

Je fais un crochet pour poser mes affaires dans mon espace, puis je me dirige vers le bureau d'Anthony. Alors que j'entre dans la pièce, son parfum m'assaillit. Le retour des papillons est immédiat. J'ignore, cependant, si mes sentiments sont restés intacts. L'attitude de mon chef, dans quelques minutes, m'orientera peut-être vers la décision à prendre le concernant. Je m'approche de la baie vitrée et regarde le monde à nos pieds qui s'éveille petit à petit. Les lumières de la ville brillent comme des milliers de petites lucioles.

— Hum hum...

Je sursaute et me retourne vivement. Perdue dans mes pensées, je n'ai pas entendu Anthony entrer.

— Excusez-moi... Je rêvassais.

Il me sourit :

— Je vous comprends. Cela m'arrive aussi.

Il vient se placer à mes côtés.

— C'est l'une des raisons qui me font commencer le travail tôt. J'aime observer la ville s'éveiller alors que toutes les fenêtres s'allument une à une tandis que le ciel se teinte petit à petit de couleurs pastel. C'est mon moment préféré.

Nous restons un instant ainsi sans échanger un mot. Notre regard se porte au loin, et notre esprit reste à cent mille lieux de cet immeuble et de nos tracas de la vie quotidienne. Le calme nous fait du bien. Anthony est le premier à briser le silence.

— Je tiens absolument à m'excuser, commence-t-il en se tournant vers moi. Je n'ai pas pensé ce que je vous ai dit l'autre soir. Vous aviez le droit de voir qui vous voulez...euh...

Il se rattrape :

— Vous avez toujours le droit de voir qui vous voulez. Je pense que j'espérais secrètement que vous m'aviez attendu... Tout ce temps. Ce qui... hum, fait-il en se raclant la gorge, reste très égoïste de ma part. Je... Ce n'était pas un jugement, c'était...euh... de la jalousie.

Je tourne finalement mon regard vers lui et je suis étonnée de ce que je parviens à lire sur son visage : de la honte, de la tristesse, de l'espoir ? Aucun son ne sort de ma bouche. Il prend ça pour de l'encouragement et s'approche plus près. Il ne lâche pas mon regard et avance sa main pour saisir la mienne. Je le laisse faire.

— Luna,... je... j'aimerais vous... hum... te revoir. Je ne veux pas que tu restes sur cette impression que je suis l'homme le plus arriéré du monde. J'ai conscience qu'une femme comme toi possède certainement une longue liste de courtisans...

S'il savait, je murmure intérieurement.

— Et...hum... continue-t-il. J'aimerais une seconde chance.

Les papillons virevoltent dans mon

estomac comme si une tornade était passée par là. Nous nous perdons dans les yeux de l'un et de l'autre. Il s'avance un peu plus près. Va-t-il m'embrasser ?

— J'espère que j'aurai répondu au point *sérieux* dont tu voulais me parler, chuchote-t-il avec un sourire tout en se penchant pour permettre à nos lèvres de se rapprocher.

— Ce n'est pas le sujet que je souhaitais aborder, je confie tout doucement.

Il s'arrête dans son élan et se redresse pour me regarder. Puis, il lâche ma main et me tourne le dos pour rejoindre son bureau. Mince ! N'aurais-je pas pu me taire quelques secondes supplémentaires ? Quelle nouille ! Je ferme les yeux et me mords les lèvres de frustration. Je copie son mouvement et vais m'asseoir en face de lui. Il a retrouvé son rôle de boss, et moi celui de responsable RH.

— Hum… Très bien, comment puis-je t'assister, Luna ? Et hum… avant que nous n'entrions dans un sujet plus professionnel, es-tu libre ce soir ?

J'acquiesce. Il cligne de l'œil, puis

reprend son sérieux :

— Je t'écoute.

— J'ai reçu une plainte, je commence en tentant de retirer le sourire qui a pris place sur mes lèvres, mais la pensée de Kevin a vite fait de l'enlever.

— Une plainte, dis-tu ? De quel ordre ?

— Harcèlement sexuel, ou voyeurisme, j'ajoute.

Il affiche un air étonné, puis demande :

— Peux-tu m'en dire plus ?

J'essaye de garder mon flegme. Surtout, ne pas lui montrer que ça me touche. Je serre fort mes poings, enfonçant mes ongles dans mes paumes afin que la douleur me distraie.

— Une employée s'est plainte que des photos de nu ont été prises à son insu alors qu'elle se trouvait fortement alcoolisée. Elle a peur que les clichés ne soient rendus publics. Le voyeur a profité d'un instant de détresse pour abuser d'elle.

L'horreur passe sur le visage d'Anthony. Je me dépêche de corriger :

— Non, non ! Il n'y a pas eu d'attouchements. Mais la victime a été déshabillée et photographiée sans sa permission.

Anthony se détend alors. Il se redresse sur sa chaise :

— Les faits restent tout de même alarmants. Je n'aime pas penser qu'un de nos employés s'adonne à ce genre de pratique. Nous devons malheureusement nous séparer de cette personne.

— De cela, il n'y a aucun doute, je confirme. Maintenant la question que je voulais vous... hum te poser est la suivante : est-ce que je dois porter plainte ? Je veux dire... hum...

Je deviens cramoisie :

— Est-ce que la victime doit porter plainte ? Et faut-il renvoyer l'employé avec ou sans lettre de recommandation ? L'accusé demeure jeune. Je ne souhaite pas qu'un faux pas ruine sa vie pour toujours.

Anthony me scrute. A-t-il noté mon fourchement de langue ? Je ne sais plus où me mettre.

— De qui s'agit-il ? demande-t-il.

— La victime m'a parlé de manière

confidentielle. Je…

— Non ! m'interrompt-il. Qui est le voyeur ?

— Kevin Williams, je réponds.

Il recule pour s'adosser à son siège :

— J'ai entendu beaucoup de rumeurs à propos de ton assistant. Il ne traite pas les femmes comme il le devrait, ajoute-t-il plus pour lui-même que pour moi.

Il me regarde encore un peu, essayant de déchiffrer mon visage, puis me demande :

— Qu'en penses-tu ? Comment souhaites-tu procéder ?

— J'imaginais le renvoyer sans lui fournir de recommandation, et ensuite conseiller à la victime de ne pas porter plainte.

— Je ne sais pas si c'est lui rendre service, argumente Anthony. Il doit payer pour ses actions.

— Il n'y a pas eu d'attouchements, je répète.

— Peut-être que je devrais échanger deux mots avec ce jeune homme avant de le laisser partir.

— Tu ferais ça ? je demande précipitamment avec de l'espoir dans la voix.

Anthony se redresse et me sourit :

— Pour toi, oui. Je vois à quel point tu apprécies ton assistant.

Il avance une main pour la poser sur la mienne.

— Très bien, conclut-il. Dès qu'il arrive, envoie-le dans mon bureau. J'aurai une petite discussion avec lui.

— Merci beaucoup, Anthony.

Je me lève alors pour quitter le bureau. Je le regarde avant de fermer la porte derrière moi, Anthony m'octroie un dernier sourire avant de retourner à son ordinateur.

Chapitre 10

Tout tombe à point à qui sait attendre

Lorsque j'arrive à mon bureau, quelqu'un s'y trouve déjà. Je savais que je n'aurais pas à attendre trop longtemps avant que Kevin ne pointe le bout de son nez. Il a toujours su me précéder. Je reste triste de perdre un assistant de sa trempe, mais je n'ai pas tellement le choix. Il doit payer pour ses actions.

J'ouvre la porte en verre que je referme derrière moi. J'essaie de contourner

Kevin dans l'intention de m'asseoir. Mais il me barre le chemin et entame la discussion avant que j'aie le temps de rejoindre ma chaise. Ce qui m'oblige à lui faire face. Je garde néanmoins mes distances.

— Bon... bonjour Luna, commence-t-il penaud.

Je ne réponds pas. Il blêmit.

— Je suis vraiment désolé. Je n'ai pas réfléchi. Nous étions tous les deux alcoolisés et je te trouve tellement belle... Je... Je t'aime, termine-t-il en cherchant à s'approcher.

Je recule de quelques pas, les deux mains en avant pour lui signifier de ne pas tenter un mouvement de plus.

— Ne t'approche surtout pas, je lui lance d'un ton sans réplique.

Son teint passe du blanc au rouge. La colère le gagne.

— C'est toi qui m'as embrassé dans le bar ! crache-t-il. Tu es l'unique responsable de la tournure qu'ont pris les choses.

Je le coupe :

— Tu veux dire que c'est ma faute si

je me suis retrouvée nue sur mon lit alors que des photos que je n'avais pas permises ont été prises ?

Il blêmit à nouveau.

— Je souhaitais me rappeler ce moment. Ce soir où tu m'as enfin montré de l'intérêt.

— Je ne me trouvais pas au mieux de ma forme. Si ça n'avait pas été toi, ça aurait été un autre homme que j'aurais embrassé. Quelqu'un qui m'aurait offert un taxi pour que je puisse rentrer chez moi saine et sauve et qui n'aurait pas abusé de la situation.

Il ne prononce pas un mot, les yeux comme fous, cherchant une réplique à mes paroles. Je ne lui laisse pas le temps :

— Tu es renvoyé.

Ses traits expriment maintenant de la panique.

— Non non non… Ce n'est pas possible ! Tu… tu ne peux pas. Je te connais par cœur. Je suis l'assistant parfait. Je… S'il te plaît… supplie-t-il en essayant d'approcher encore une fois.

Je recule à nouveau de quelques pas.

— Anthony Beauchamp souhaiterait te

parler. Il te donnera les détails de ton licenciement. Je ne lui ai naturellement pas dévoilé que la plainte venait de moi. L'identité des victimes doit rester confidentielle.

Puis, après un moment de silence, j'ajoute :

— Au revoir, Kevin.

Je me décale sur le côté pour lui laisser la place de sortir. Il baisse la tête et je vois une larme couler le long de sa joue qu'il essuie rapidement. Son attitude me bouleverse malgré moi. J'ai l'impression de détruire une vie. Cette pensée me coupe le souffle. Je reste cependant ferme face à lui, essayant de ne montrer aucune émotion alors que je suis déchirée de l'intérieur. Il lève les yeux sur moi et, espérant un mot ou un geste de ma part, me fixe un instant. Puis, comprenant que je ne reviendrai pas sur mes paroles, il se redresse, renifle un coup et hoche la tête afin d'accepter la situation. Il passe à côté de moi et quitte le bureau sans un regard en arrière. Ce n'est qu'après avoir entendu la porte se fermer et le pas de Kevin s'éloigner que je m'autorise enfin à me laisser aller. Je me dirige vers mon fauteuil que je tourne pour faire face à la baie vitrée devant moi. Ainsi, les personnes approchant mon bureau ne verront que mon siège. Je pose mes coudes sur mes genoux et mon visage dans mes mains. Je laisse alors les larmes couler. Malgré ce qui s'est passé, en dépit d'en demeurer, moi, la victime, je ne peux m'empêcher de ressasser les derniers évènements et de me demander si je n'ai pas dramatisé les faits. C'était plus facile de licencier des collègues pour raison économique. Ils avaient droit, eux, à des lettres de recommandation chaleureuses, ainsi qu'à des indemnités. Kevin partira sans rien. Il doit recommencer à zéro. Et moi aussi. Je dois maintenant trouver l'assistant qui prendra sa place. Une personne qui va devoir apprendre à me connaître, à anticiper mes faits et gestes. Qui sait ? Peut-être que cette personne excellera au-delà de mes attentes et m'offrira une amitié en bonus. J'inspire profondément et essuie les marques de larmes sur mes joues. Je dois vraiment investir dans du maquillage waterproof.

Je ne sors pas de mon bureau avant qu'Anthony ne vienne me dire que Kevin est parti. J'attends, tremblante, les yeux sur mes dossiers dont je lis et relis les dernières lignes sans vraiment en comprendre le sens. Je jette sans arrêt un regard à l'extérieur. Finalement, ce n'est pas le corps musculeux qui frappe à ma porte, mais la crinière méchée de blond de Carla. Elle passe la tête par l'encadrement et demande :

— Je peux entrer ?

Puis, en voyant ma mine :

— Wouah ! Toi, tu as besoin d'une distraction.

Sans attendre ma réponse, elle se faufile à l'intérieur. Elle approche ma table de travail et prend place en face de moi, sur le fauteuil. Ce qui est une première. J'interroge :

— Est-ce que Kevin se trouve toujours auprès d'Anthony ?

— Hum hum, confirme-t-elle. Y a-t-il quelque chose que je peux faire pour toi ?

Une lumière s'allume dans mon esprit :

— Serais-tu d'accord de prendre le rôle

d'assistante ? Au moins pour aujourd'hui. Si je ne trouve personne d'autre et que tu te débrouilles bien, je pourrais même te le proposer de manière permanente. Qu'en penses-tu ?

Elle lève un sourcil et avec son plus beau sourire me répond :

— Luna, je veux bien t'aider pour la journée, mais devenir ton assistante ? Vraiment ? Arriver avant toi et prendre soin de tes petits tracas quotidiens, tu crois honnêtement que je suis la personne pour ce rôle ? Je possède, à présent, un poste qui me correspond et qui me plaît, je ne souhaite pas le changer.

Je rougis de confusion :

— Oui… oui, je suis désolée. Cette idée vient tout juste de me traverser l'esprit. Je réalise à quel point tu aimes ton travail. Ne t'inquiète pas, je ferai sans assistant pour aujourd'hui. Je peux très bien m'en passer. J'ai toujours eu l'habitude de me débrouiller seule.

Je lui offre un grand sourire auquel elle répond, puis quitte son siège :

— Très bien, je te laisse. On mange

ensemble à midi ?

— Avec plaisir.

Elle ouvre la porte tandis que je reprends la lecture du dossier en face de moi.

— Hum…

Je sursaute et lève les yeux. Anthony se tient devant moi, à m'observer.

— Je suis désolé, je pensais que tu m'avais vu entrer. J'ai profité de la sortie de Carla pour pénétrer les lieux.

— Oh ! Hum… Non.

Je scrute derrière lui.

— Il est parti, affirme-t-il en suivant le chemin de mon regard. Kevin, précise-t-il.

J'expire de soulagement. Il s'avance vers moi et pose une fesse sur ma table de travail. Il me prend la main. Je lève les yeux sur lui, interrogative. Après quelques secondes à me fixer avec intensité, ce qui transforme mon visage en brasier, il demande :

— C'est toi la victime, n'est-ce pas ?

Je blêmis, ce qui confirme ses propos. Ça y est, c'est terminé, il va me dire que nous ne nous verrons plus. Que c'est la goutte de trop !

— C'est arrivé le soir où j'ai agi de la manière la plus détestable possible ? Le soir où je t'ai rejetée comme une malpropre ?

Il ajoute :

— Tu as bu, tu l'as croisé, et on connaît le reste de l'histoire.

Je l'observe intensément. Et alors que je pense ne pas en avoir la force, j'acquiesce. Il continue de me regarder un long moment, avec dans les yeux des émotions mélangées. J'y lis la honte, la tristesse, et autre chose que je suis incapable d'identifier. Il se lève et se dirige vers la porte. Je sens mon cœur se casser une deuxième fois en mille morceaux. Je le dégoûte. Notre histoire est définitivement terminée. Je lui révèle alors les mots que j'aurais voulu lui dire ce soir-là :

— Mon cœur s'est brisé, le soir de notre rendez-vous. Cette nuit où j'ai bu plus que de raison et que j'ai malheureusement croisé Kevin. Je... je t'aimais et je ne me le suis jamais avouée. J'ai noyé un chagrin d'amour...

Mon visage se colore à nouveau de rouge, parvenant à peine à croire aux phrases franchissant mes lèvres. Je viens de confesser mes sentiments à mon boss. Ma carrière s'achève-t-elle ici, également ? Le même jour où j'ai brisé la vie de Kevin ?

Mon regard est braqué sur le dos d'Anthony alors qu'il fait toujours face à la porte. Je l'aperçois lever les épaules et prendre une grande inspiration. À la place de quitter le bureau, il le verrouille et ferme les stores afin de nous cacher du reste du personnel. Doucement, il se retourne. Son regard se montre doux avec ce quelque chose que je n'arrivais pas à identifier auparavant. Alors qu'il s'avance vers moi, je comprends enfin de quoi il s'agit : du désir. Je me lève tandis que son pas devient plus rapide. Il m'attrape la taille d'un bras, et agrippe ma nuque de son autre main. D'un geste vif, il m'attire à lui et pose, avec passion, ses lèvres sur les miennes. Les papillons dans mon ventre se transforment en vagues déferlantes et mon cœur s'emballe dans une symphonie de tambours tonitruants.

J'entoure son torse de mes bras et me cramponne à sa chemise, dans son dos. Mes lèvres s'entrouvrent et nos langues se rencontrent pour la première fois. Sa bouche presse fort contre la mienne et nos souffles s'accélèrent. Il se détache de moi quelques secondes et se penche pour balayer tout ce qui se trouve sur ma table de travail. L'espace libéré, il m'attrape fermement et me soulève de terre pour m'asseoir sur la surface nettoyée. Nous devenons fiévreux. Nous avons tellement envie l'un de l'autre. Moi ? Depuis si longtemps. Lui ? Ses gestes semblent me dire la même chose. Il s'arrête tout de même un instant et se recule pour me fixer. Après Kevin et les récents événements, je comprends qu'il ait besoin d'un consentement. J'acquiesce avec un mouvement du menton et un sourire. Ses lèvres se retrouvent à nouveau sur les miennes. Ensuite, il glisse sa main sur ma nuque et pousse sur ma poitrine avec l'autre pour m'aider à m'installer en posant ma tête et mon dos contre la surface de bois. Il défait les boutons de ma chemise afin de dévoiler mon soutien-gorge de dentelle blanche. Il ne résiste pas à la tentation et dégage rapidement l'un des seins qu'il porte à sa bouche pour en mordiller le téton. Je gémis. Le désir passe à un cran supérieur. Je le veux là, maintenant. Il semble avoir la même idée. Il remonte alors ma jupe à la taille et attrape le string qu'il glisse le long de mes cuisses, puis jusqu'au sol. Sa tête se trouve aussitôt entre mes jambes. Son souffle chaud, contre les lèvres de mon entrejambe, a raison de moi. Je sens la chaleur humide et bouillante dans mon intimité. Je suis tellement excitée que je ne vais pas durer très longtemps. Sa bouche contre mon sexe, ses coups de langue calculés contre mon clitoris, augmente mon désir crescendo. Je n'ai jamais rien ressenti de tel. Il se relève alors et défait la ceinture de son pantalon. Je reste couchée les yeux fermés, appréciant ce moment de délice pur. Il attrape mes hanches et me tire contre lui. Ça y est ! Nous y sommes ! Il se positionne et je sens son pénis pénétrer au plus profond de mon anatomie. Je gémis plus fort. Anthony se trouve en moi ! Je ne peux croire mon bonheur. J'ouvre mes paupières pour le regarder. Ses yeux s'attardent sur moi. Sur mes lèvres, sur mes seins. Il pose une main sur mon ventre alors que le va-et-vient s'accélère. Nous avons tellement envie, tellement de désir l'un pour l'autre. Il porte les doigts à sa bouche et installe ensuite son index recouvert de salive sur mon clitoris. Je me trouve au bord de l'apothéose. La dimension de son sexe est parfaite. Je le sens frotter contre ma paroi vaginale à chaque pénétration. La caresse sur mon clito me fait gémir plus encore. Le plaisir monte au rythme de ses coups de reins. Et alors que je me tiens à la limite de l'explosion, son orgasme à lui apparaît. Il ne me faut qu'une seconde pour que le mien suive le même chemin. Son excitation a eu raison de moi. Après quelques secondes à récupérer, le temps que nos rythmes cardiaques respectifs redescendent, il se redresse et se retire. Je sens son sperme couler entre mes jambes. Il se rhabille. Puis, il me tend un mouchoir. Ce n'est pas le plus glamour dans une relation sexuelle, mais nous passons tous par là.

Une gêne s'installe alors entre nous. Non, je ne souhaite pas que cela se termine ainsi. J'ai attendu trop longtemps ce moment. J'ai envie de briser ce silence, mais que dit-on dans ce genre de situation ? Merci, c'était top, à refaire ? Non, je ne peux définitivement pas lui lancer cela. Et d'ailleurs qu'est-ce que tout cela signifie ? Il voulait me donner une deuxième chance. Est-ce là le début de cette relation ? Une fois rhabillée, je me retourne vers lui et décide de le lui demander :

— Je ne sais plus quoi penser, j'avoue simplement. Est-ce que… est-ce que notre rendez-vous de ce soir tient toujours ?

Il se tourne vers moi et me sourit. Les papillons sont de retour.

— Bien sûr.

Il s'approche alors, caresse ma joue et glisse une mèche de cheveux derrière mon oreille. Il se penche et pose un doux baiser sur mes lèvres.

— Je m'en réjouis, continue-t-il en se

redressant.

Il se dirige ensuite vers la porte. Il se retourne pour m'octroyer un dernier sourire avant de me laisser seule avec la pensée que c'est définitivement la plus belle journée de ma vie.

Je me trouve sur un petit nuage. Le sourire ne quitte plus mes lèvres tandis que je gère les différentes tâches qu'impose mon travail. Même revisiter le souvenir du visage triste de Kevin n'arrive pas à atteindre mon état de béatitude. J'ai baisé Anthony Beauchamp, ici, sur ce bureau. Je caresse le bois de ma main, alors que les papillons que je ressentais autrefois dans mon ventre ont pris place dans ma culotte. J'ai conscience que je vais devoir passer à la pharmacie pour un contraceptif. Je ne me suis pas montrée très intelligente sur ce coup-là. Mais c'était tellement intense, tellement bon.

Quelques coups à la porte me sortent de ma rêverie.

— Oui ?

La tête de Carla apparaît. Je lui dévoile

mon plus beau sourire :

— Ouh ! Toi, ça a l'air d'aller beaucoup mieux, me chante-t-elle.

Je rougis en repensant à la raison de cet état de béatitude. Cela, forcément, pique son intérêt. Elle entre complètement et referme la porte sur elle. Elle porte un petit sac de papier kraft. Je me rappelle que nous devions manger ensemble. Avec tout ça, j'ai zappé notre rendez-vous. Je n'ai même rien acheté pour le repas.

— Je n'ai pas eu le temps de sortir, je m'excuse.

— Ce n'est pas grave. J'ai pensé que tu allais oublier avec tout ce que tu as en tête depuis ce matin. J'ai pris assez pour nous deux.

Elle vient s'installer de l'autre côté du bureau et dispose en face de nous les quelques victuailles qui composent notre lunch. Puis, elle ajoute :

— Je te pardonne uniquement si tu m'expliques la raison de tout ça.

Elle désigne d'un doigt l'entier de mon visage radieux.

— Que s'est-il passé ?

J'essaye de reprendre mon sérieux :

— Je ne peux pas te le dire.

— Je pensais être ta meilleure amie, s'offusque-t-elle la mine boudeuse.

— Non, c'est Tybalt mon meilleur ami, je lui réponds du tac au tac.

Elle ne se sent pas le moins du monde offensée. Elle en a conscience tout comme la place importante qu'elle occupe dans ma vie. Elle m'offre un sourire espiègle. Elle adore la taquinerie.

— Ce soir ! Je veux tout savoir ! ordonne-t-elle.

— J'ai un rendez-vous !

Elle ouvre de grands yeux :

— Avec qui ?

— Hum… Anthony Beauchamp.

Je n'ose pas la regarder. Je la connais. Elle ne va pas tarder à exploser.

— Après son comportement ?

— Il s'est excusé, je l'interromps en la fixant droit dans les yeux cette fois.

Elle m'observe.

— Je veux tous les détails, continue-t-elle en coupant chacun des mots. Demain soir, tu m'appartiens ! Je ne tolérerai aucune annulation.

Je lui souris pour accepter le marché. En

parlant de deal :

— Au fait, ça avance comment, entre Tom et toi ?

— Comme tu souhaites me faire des cachoteries, j'en fais de même. Nous aborderons ce sujet demain également..

— Tu vas réussir à tenir jusque-là ? Mentionner tes conquêtes et tes prouesses sexuelles reste l'un de tes passe-temps favoris. Ça sort tout seul, j'ajoute avec un clin d'œil.

Elle se mord les lèvres. Le challenge va se montrer très difficile. Carla adore les ragots. Elle secoue la tête vivement de haut en bas.

— Très bien, à ta guise. On mange ? Je meurs de faim.

Afin de garder nos secrets concernant les hommes de nos vies, nous concentrons notre attention sur la nourriture devant nous, décrivant chaque mets, chaque goût. Cela fonctionne. Est-ce que Carla a réussi à tenir sa langue parce qu'elle se montre plus forte que je ne le pensais ou est-ce parce qu'au contraire ses révélations ne demeurent pas aussi importantes. Voilà en effet longtemps que je ne l'ai plus entendue prononcer d'autres noms que Stanislas ou Tom. Il y a définitivement anguille sous roche. Prochain épisode : demain soir.

Je me trouve chez moi. J'ai réussi à quitter le travail un peu plus tôt, décidant de m'accorder le temps nécessaire pour prendre soin de ma personne. Bien que ce soit lundi et que je viens tout juste de revenir de vacances, il me fallait un moment à moi. Pendant les vingt-quatre dernières heures, mes émotions ont eu droit à un grand huit et j'ai besoin de remettre mes idées en place. J'ai couché avec Anthony. Moi, Luna Torrès, j'ai conclu avec l'homme dont je rêve depuis des années. Qu'est-ce que cela veut dire ? Est-ce vraiment, là, le début d'une relation sérieuse ? Je me retrouve à espérer. Je ne suis pas le genre de personne à voir le verre à moitié vide. Donc ce soir va devenir le premier rendez-vous de notre nouvelle vie de couple. De pouvoir simplement penser ces mots, je sens une vague de bonheur m'envahir. Premier dîner aux chandelles, ce qui rime avec tenue à tomber. J'ai pris la bonne décision en rentrant plus tôt.

Naturellement, j'ai aussi conscience de notre dernière rencontre et des phrases qui ont été dites. J'ai peut-être pardonné, mais pas oublié. Je ne conçois pas de commencer une relation avec quelqu'un qui ne m'accepte pas telle que je suis. Je n'autoriserai plus aucun mot déplacé de sa part. Je ne suis pas une femme facile. Ce n'est pas forcément l'image que j'ai donnée avec mon dos plaqué contre la surface en bois de mon bureau et sa tête entre mes jambes, mais je ne couche pas avec n'importe qui. J'aime le sexe, certes, mais de manière raisonnée, comme quelqu'un d'indépendant qui se respecte et a envie de se faire plaisir de temps en temps. Rien de fâcheux là-dedans. Si ce soir il ne le voit pas, c'est son problème, pas le mien. Mon estomac se contracte à cette pensée. L'idée que je ne sentirai plus jamais la langue d'Anthony contre mon intimité. Cette image allume un feu dans mon entrejambe. Allongée dans un bain chaud, je fais à nouveau couler l'eau et active le pommeau de douche. Je plonge ensuite, ce dernier, dans l'eau moussante, et le place entre mes jambes, de manière à ce que le jet sorte directement contre mon clitoris. La pression se montre parfaite, et mes gestes demeurent experts. J'utilise mon index et mon majeur que j'enfonce délicatement dans mon vagin, entamant un mouvement de va-et-vient, gardant, avec l'autre main, le pommeau en direction de mon centre du plaisir. L'excitation grandit de manière exponentielle. Il ne me faut que quelques minutes pour que la vague de l'orgasme traverse tout mon corps. Je gémis de délivrance. Anthony m'excite beaucoup trop.

Une fois terminé le rituel de nettoyage, je prends le temps de m'éponger, puis d'appliquer des laits corporels aux parfums enivrants. J'aime sentir bon. Voyons voir ! Que vais-je mettre ce soir ? Je parcours la panoplie de nouvelles tenues que Carla m'a fait acheter, mais ne m'arrête sur aucune d'elles. Au contraire, je saisis une robe blanche avec des tournesols que j'avais portée lors de mon premier jour de travail chez Tendances. Le jour où j'ai posé pour la première fois les yeux sur Anthony. Ce n'est pas, à proprement dit, un vêtement de soirée, mais agrémenté d'une ceinture de cuir noire et d'un boléro, cela ira très bien. J'ignore s'il s'en souviendra. Ma tenue aura au moins l'audace de détonner parmi les autres femmes présentes dans le restaurant, et c'est exactement mon but. On ne verra que moi. Mon choix fait, je n'ai besoin que de quelques minutes pour me vêtir. Je jette un coup d'œil à l'horloge. Il me reste du temps. Je dois encore m'occuper de ma coiffure et de mon maquillage. Il faut absolument que je sois parfaite. Cette nouvelle coupe, plus courte, se montre beaucoup plus facile d'entretien et je remercie, intérieurement, Carla de m'avoir poussée à passer le cap. En plus, je l'adore. Elle correspond tout à fait à mon tempérament. Les cheveux séchés, je sors un fer à friser pour les agrémenter de jolies boucles. C'est juste pour le côté glamour. En ce qui concerne le make-up, je pars sur un simple trait d'eye-liner et des couleurs naturelles. Voilà ! Je suis prête. J'active mon portable afin d'y voir l'heure. Il me reste cinq minutes pour enfiler des chaussures et saisir mon sac. Quel timing parfait !

Mon téléphone vibre. Je jette un œil. Daniel. Mince ! Je l'avais presque oublié celui-ci. Je débloque l'écran et accède au message : « Hello beautiful, je passais dans le quartier et je me disais que je pouvais faire une petite halte ».

— NOOONNN ! Je hurle, seule dans mon entrée.

Quoi faire ? Anthony va arriver. Je ne veux pas que ces deux-là se croisent. Il ne manquerait plus que ça. Je prends mon téléphone et me décide à l'appeler.

— Hey ! Salut, Daniel, tu vas bien ?

— Très bien, et toi ?

— Super, merci ! Écoute… Je vois quelqu'un ce soir. Il ne va d'ailleurs pas tarder. Je ne souhaite pas particulièrement que vous tombiez l'un sur l'autre. Est-ce que… hum… Est-ce que tu peux juste dégager de mon quartier ? Je te le dis en toute amitié, je conclus rapidement.

— Ahahahahah ! OK, Luna, je m'en vais. Écris-moi tes disponibilités, d'accord ? Ton corps me manque... Tu... Tu me manques.

Y aurait-il plus, derrière ces quelques mots, que le désir d'un homme et l'envie de combler ses besoins primaires ? Daniel serait-il en train de tomber pour moi ? Non... J'invente des choses. Et si c'était vrai ? Je reste perplexe. Je pense à Anthony. L'homme que je convoite depuis des années, mais qui m'a déjà plus blessée en une seule soirée que tous les Daniel du monde. Ce n'est pas le moment de penser à ça. Je n'ai d'ailleurs pas le cœur de lui dire que tout est terminé. Enfin... si ce soir se passe bien. C'est un peu égoïste et dégueulasse de garder quelqu'un sous le coude dans le cas où les choses devaient mal tourner. Mais Daniel est mon plan cul. En plus, c'est un dieu du sexe. Je n'utilise qu'une méthode pratiquée par tant d'autres : placer un joueur sur le banc de touche en attendant la venue d'un match décisif.

— Oui, oui... hum... Je t'écris demain. Bonne soirée, Daniel.

— À toi aussi, Luna.

Je frissonne. J'aime sa manière de prononcer mon prénom. J'imagine son souffle contre ma nuque et une douce chaleur me consume à nouveau. Non ! Je dois me concentrer sur Anthony. Pourquoi faut-il qu'il y en ait toujours deux ? C'est le désert pendant des semaines, voire des mois, ou des années, et lorsqu'enfin l'amour semble frapper à la porte, il vient par deux. Est-ce le genre de denrée qu'on achète obligatoirement par paires dans un supermarché ? À peine l'appel terminé, l'interphone sonne. J'espère vraiment que ces deux-là ne se sont pas croisés. Je prends deux minutes à répondre, afin de montrer que je suis occupée, puis je saisis le combiné.

— Oui ?

— C'est Anthony ! Je suis en bas.

— J'arrive !

Je raccroche. Je fais ensuite face au miroir de l'entrée et jette un dernier œil à ma silhouette.

— Tu es une femme forte et indépendante, je me murmure à moi-même comme pour me donner un peu de courage.

C'est maintenant que tout se joue. Le soir où Anthony Beauchamp devient partie intégrante de mon avenir ou demeure à jamais un fantasme appartenant au passé.

Chapitre 11

Révélations

La soirée se montre charmante. Tout comme la première fois, avant que tout ne dérape. Pour conclure ce merveilleux moment, Anthony m'accueille chez lui pour un dernier verre.

— Un rhum coca ? C'est ça ? demande-t-il depuis la cuisine.

— Oui, merci ! Je réponds en continuant de découvrir les visages dans les différents cadres décorant le salon.

Je n'arrive pas à croire que je me

trouve en ce lieu. Je prends un verre chez Anthony Beauchamp. Ce soir, il m'a déclaré ses intentions. Il souhaite que nous devenions exclusifs. Il aimerait que nous formions un couple. Je me remémore avec émotion les moments de la soirée. Ses gestes, ses regards, sa façon de me parler avec tendresse. Tout se montrait absolument parfait. Tout. Jusqu'au moment où j'ai reçu le message de Daniel me rappelant de prendre rendez-vous avec lui. Et là, le doute, la peur se sont installés. Et si je faisais le mauvais choix ? Car j'ai pris une décision aujourd'hui : je suis la petite amie d'Anthony Beauchamp. Je me sens soudain étouffer. Est-ce mon dernier mot ? J'ai à peine recommencé à voir des hommes. Vais-je m'emprisonner avec un seul d'entre eux ? Qui plus est mon boss ? Qu'en est-il de ma carrière ? Et si nous nous séparions ? Il n'y a pas que cela. Peut-être souhaite-t-il que je change ? Me demandera-t-il de sacrifier des choses par amour ? Une bouffée de panique me prend soudain à la gorge. Je ne sais plus ce que je fais là. Et si je retrouvais Daniel ?

Avec lui, tout semble plus facile. Enfin, jusqu'à l'appel de ce soir, un peu trop ambigu à mon goût.

— Pour mademoiselle.

Je sursaute. Je n'ai pas entendu Anthony approcher. Il me tend mon verre et un pli d'inquiétude apparaît sur son front alors qu'il remarque mon teint livide.

— Luna ? Tu vas bien ?

— Je... Je ne sais pas... Hum... Où se trouvent les toilettes ?

— Deuxième porte à droite, répond-il en me désignant le chemin d'un geste.

Il saisit la boisson que je lui donne alors que je me rends en direction de la salle de bain. Je me précipite à l'intérieur de la pièce et ferme la porte derrière moi. Je baisse la cuvette et m'assieds dessus. Je prends plusieurs grandes inspirations. Voyant que cela ne passe pas, je mets mes coudes sur mes genoux et place ma tête entre les mains. Qu'est-ce qui m'arrive ? Le moment que j'ai rêvé depuis des années s'est enfin présenté et je ne daigne pas le saisir. Qu'est-ce qui ne va pas chez moi ? Je reste quelques instants là, espérant que mon envie de fuir disparaisse. Mais les quelques coups discrets frappés à la porte attisent un peu plus mon mal-être.

— Luna? Puis-je t'être utile de quelque façon ?

— Non... hum... Je sors dans quelques secondes, je réponds d'une petite voix.

Il faut que je fasse quelque chose. Je dois partir de cette pièce. Trouver une excuse pour quitter son appartement. Je ne veux cependant pas tout saboter. Ce n'est pas possible. Je dois réfléchir à tout ça. Je me lève tremblante et tire la chasse d'eau. Je n'ai pas eu besoin d'utiliser les toilettes, mais cela, il ne le sait pas. Je me lave ensuite les mains afin de continuer à ajouter de la crédibilité à ce que je m'apprête à faire et je me dirige, enfin, vers la porte que j'ouvre. De l'autre côté, le pli d'inquiétude n'a pas quitté le front d'Anthony. Il me regarde avec ce regard doux que j'ai découvert il y a quelques heures, ce moment magique où nous avons été un couple. Voilà que je parle déjà au passé.

— Que puis-je faire pour toi ?

Il pose une main sur mon épaule. Je

réponds :

— C'est sûrement quelque chose que j'ai mangé. Je suis désolée, mais je pense que je vais rentrer. Tu ne m'en veux pas ?

Il s'approche et caresse ma joue.

— Pas du tout. Ne t'inquiète pas, nous aurons beaucoup d'autres occasions devant nous. Notre histoire ne fait que commencer.

L'impression d'étouffement me ressaisit à nouveau. Je dois sortir de là. Mon teint doit avoir de nouveau pris la couleur de la craie. Il se précipite au salon et saisit son portable.

— Je t'appelle un taxi.

— Merci…

Je pose mes fesses sur l'accoudoir du canapé pendant qu'il passe le coup de fil. Ceci fait, il s'approche de moi et reste debout à mes côtés. Il glisse une main dans mes cheveux. Sa présence, son parfum, tout m'insupporte à présent. Je me lève d'un bon.

— Tu ne m'en veux pas si je pars attendre le taxi à l'extérieur ? De l'air frais devrait m'aider. On se retrouve demain au travail ?

Je me mets sur la pointe des pieds pour lui faire une bise sur la joue.

— Ne viens pas si ça ne va pas mieux, d'accord ?

Je hoche la tête pour lui dire que j'ai compris. Il m'ouvre la porte et je quitte son appartement sans un autre mot. Je sens son regard sur moi alors que je me dirige en direction de la cage d'escalier. Puis, une fois hors de sa vue, je m'arrête, attendant le déclic significatif qui m'informe qu'il a fermé derrière lui. Je me retrouve seule. Je m'assieds sur les marches et fonds en larmes. Je ne peux pas rester là. Le taxi se trouve sûrement déjà en bas. Je serai vite à la maison. Je pourrai y contacter Tybalt. Je descends les escaliers, tremblante. Je ne comprends pas ce qu'il m'arrive. Pourquoi faut-il que je sabote tout ? N'est-ce pas tout ce dont j'ai toujours rêvé ? Un homme intelligent, beau, quelqu'un qui a réussi ? Il est à moi. Je sors mon portable de mon sac et m'en vais voir les messages. « Ne m'oublie pas... » le dernier SMS de Daniel scintille sur mon écran. Et si je lui répondais ? Je me force à fermer l'application. Ne pouvant plus patienter davantage, je compose le numéro de Tybalt.

— Allo ? Tybalt... J'ai vraiment, mais vraiment besoin de toi.

Je fonds en larmes. J'arrive tout juste à entendre les mots « Je t'attends » que je raccroche. Je monte enfin dans le taxi et après avoir donné l'adresse de mon ami au chauffeur, je laisse la peine prendre possession de mon corps.

Je me retrouve, à présent, assise sur l'un des fauteuils moelleux du salon de mon meilleur ami. Face à moi, Tybalt et Eoin, qui a décidé de rester afin de m'apporter son soutien, sont posés sur le canapé.

— Je ne comprends pas, Tybalt. Dis-moi ce qui m'arrive.

Il jette un coup d'œil à son mari qui prend la parole. Eoin avance un bras réconfortant afin de caresser le mien.

— Tu as peur, affirme-t-il.

Je sens la colère m'envahir. Pas contre lui, mais contre moi :

— Peur ? Mais de quoi ? Merde ! Cela fait des années que je cherche un homme convenable. Et quand je le tiens enfin... Au moment où celui dont je rêve depuis des années se décide à m'accorder son attention, je me désagrège. Qu'est-ce qui ne va pas chez moi ?

— Ma chérie, reprend Tybalt. Tu sais très bien que ce n'est pas vrai.

Je fronce d'autant plus les sourcils, espérant de plus amples explications. Elles arrivent heureusement immédiatement.

— Depuis le début de ta carrière chez Tendances. En fait, pour être exact, dès le moment où tu as posé les yeux sur Anthony Beauchamp, tu n'as jamais essayé de trouver quelqu'un.

— Ce que Poussin te dit est vrai, ajoute Eoin. Certes, tu aimes te plaindre de temps à autre que tu es seule et que tu rêverais de trouver quelqu'un. Cependant, tu passes ta vie dans ton travail, ou à la maison. Les rares occasions où nous te voyons à la fête c'est lorsque nous organisons quelque chose ou que tu dois te rendre à une sortie de boîte.

— Mon job reste important pour moi, je

leur confie dans un ton d'excuses.

— Nous le savons, mon cœur, me rassure Tybalt. Mais l'est-il parce que tu adores vraiment ce que tu fais, ou est-ce parce qu'Anthony Beauchamp, l'homme que tu convoites depuis cinq ans, demeure ton supérieur direct ?

Je me trouve sans réponse face à cette remarque. J'essaye d'y voir plus clair dans ce qui vient d'être dit.

— Si je ne voulais pas rencontrer quelqu'un, je n'aurais jamais honoré le défi de Carla, je me défends.

Tybalt me lance un regard taquin :

— C'est justement parce qu'il ne s'agissait que d'histoires sans lendemain que tu as accepté, ma belle.

Je tourne mon attention vers Eoin qui hoche la tête pour acquiescer aux dires de son mari, puis ajoute :

— Tu as fait une crise de panique ce soir, car tu as enfin l'occasion de vivre une véritable histoire d'amour avec l'homme dont tu rêves depuis des années. Tu es effrayée de voir ta vie changer. Voilà cinq ans que tu n'existes que pour toi. Et si tu n'arrivais pas à l'intégrer à ton quotidien ?

Juste en l'écoutant, je sens mon cœur repartir sur un rythme effréné et ma respiration s'accélérer.

— Et s'il n'appréciait pas toutes les facettes de ta personnalité ? continue Tybalt. Et si tu devais changer pour lui ? Je connais toutes les questions qui apparaissent dans ta tête. Et tu sais quoi ? On passe tous par là.

Ma pulsation cardiaque se calme un peu.

— C'est vrai ? je demande.

— Oui bien sûr, me sourit Tybalt. Mon ange, tu as conscience que tu n'es pas en train de signer un contrat avec le diable. Tu peux y aller à ton rythme. Il te faut communiquer avec lui, lui dire ce que tu souhaites, lui parler de tes peurs. C'est ça un couple. Et, à ce que j'ai compris, il a vraiment envie d'être avec toi.

Je repense aux gestes d'Anthony. Son attention vis-à-vis de moi. Je sens les papillons refaire leur apparition dans mon estomac. J'éprouve des sentiments pour cet homme. Je ne laisserai personne saboter cette histoire, surtout pas moi. Sur cette dernière pensée, je me lève d'un bond.

Tybalt et Eoin se redressent à leur tour.

— Je retourne chez Anthony, je lance avec plus d'entrain et un gros sourire sur le visage.

— Hum… commence Eoin, avant de partir, tu devrais peut-être aller faire un tour par la salle de bain.

J'observe mon reflet dans le miroir. Avec mes yeux bouffis et les traces noires sur mes joues, je ne peux m'empêcher d'éclater de rire.

Je sonne à l'interphone. Je ne me pose même pas la question de savoir si Anthony est déjà couché. J'ai envie de le voir, de lui parler.

— Oui ? répond une voix encore bien réveillée.

— C'est moi, je dis simplement.

— Luna ? demande-t-il d'un ton étonné.

— Oui, pardon, c'est Luna.

— Je t'ouvre. Monte !

Le buzz caractéristique du déverrouillage retentit et je rentre dans le bâtiment pour la deuxième fois de la soirée. Je pénètre dans l'ascenseur et patiente ce qui me semble être les plus longues secondes de ma vie, pour que les portes s'ouvrent à nouveau. Je profite pour jeter un coup d'œil dans le miroir. Je suis heureuse d'avoir pris l'habitude de laisser une trousse de toilette d'urgence chez mon meilleur ami. Mon maquillage n'est pas aussi parfait que plus tôt dans la soirée, mais il fera l'affaire. L'ascenseur annonce mon arrivée au quatrième étage et les portes s'ouvrent sur Anthony. Je sursaute. Je n'imaginais pas le retrouver là. Tout de suite, il s'approche, pose une main sur ma nuque au niveau de la naissance de ma mâchoire et caresse ma joue de son pouce. Le pli d'inquiétude marque toujours son front :

— Luna, tu vas bien ?

Il me fixe intensément, ses yeux passant d'un œil à l'autre. Je ne réponds pas et me contente de lui sourire. J'ai soudain une terrible envie de lui. Je m'avance plus près de lui, mon regard bloqué dans le sien. Je pose mes mains sur ses hanches. Je vois alors la ride de son front disparaître et ses pupilles se dilater. Je sais que je suis venue pour parler, mais cela attendra. Il glisse ses doigts de ma joue à ma nuque tandis que je lève la tête pour permettre à nos lèvres de se rencontrer. Il pose l'autre main au creux de mes reins et m'attire à lui. Nos bouches s'entrouvrent pour que nos langues commencent leur bal. C'est doux, c'est tendre, c'est passionné. Nous prenons enfin le temps de nous embrasser, vraiment. Et c'est tellement bon. Nous restons ainsi de longues minutes dans le couloir, happés par le bonheur du moment, laissant nos bouches communiquer ce que des mots ne suffiraient pas à décrire. Nos baisers sont joueurs et doux à la fois ; pas trop de langue, pas trop de morsures, juste ce qu'il faut. Nos respirations deviennent plus bruyantes et plus rapides alors que nos rythmes cardiaques s'accélèrent. Je sens son sexe en érection contre ma jambe. Je quitte un instant ses lèvres pour glisser mon nez dans son cou et commencer à y poser de légers baisers. Je prends une grande inspiration, m'enivrant de son parfum.

— Et si on allait continuer cela à l'intérieur ? me chuchote-t-il à l'oreille.

Le souffle chaud sur ma peau me

fait frissonner. Je ne réponds pas et me contente de lui saisir la main pour le guider dans la direction de son appartement. Il dépose un bisou sur mon front et suit ma direction. Nous passons à peine le pas de la porte, qu'il referme derrière lui que je me jette à son cou. Je le tire par la nuque pour l'embrasser goulûment cette fois, appréciant le goût de sa salive. Puis, quittant un instant ses lèvres, j'entreprends de le déshabiller. Je prends mon temps, effleurant ses pectoraux alors que je défais un bouton après l'autre, découvrant un peu plus de sa peau, de son corps à chaque geste. Nous ne sommes pas pressés, nous avons toute la nuit devant nous. Je l'aide ensuite à sortir ses bras de ses manches, tandis que j'embrasse son torse glabre. Il passe une main sur ma nuque et la descend jusqu'à mon épaule, s'emparant de la bretelle de la robe qu'il glisse sur le côté.

— Je me souviens de cette robe, me confie-t-il. Tu la portais lors de ton premier jour chez Tendances.

Je suis stupéfaite qu'il se rappelle un tel détail. J'avais compté là-dessus, mais il reste un homme et peu se souviennent de ce genre de choses. Du moins, ceux que j'ai rencontrés jusque-là.

— Oui, tu as bonne mémoire, je réponds, en levant les yeux sur lui.

Il glisse une main sur ma joue, puis soulève mon menton afin de m'embrasser à nouveau.

— Tu es magnifique, ajoute-t-il quittant mes lèvres juste un instant.

Les papillons de mon ventre entament leur plus beau ballet. Je me sens transportée, dans un autre monde. Un lieu qui n'existe que pour nous deux. Il m'embrasse encore, attrapant ma lèvre inférieure avec ses dents, qu'il garde un instant avant de la lâcher. Ses deux mains entourant mon visage à présent, il utilise sa langue pour caresser mes lèvres, puis m'embrasse de nouveau avec passion. Je me laisse faire, appréciant toutes les sensations de cet instant où notre histoire commence. Il porte alors sa bouche à mon oreille et me suce le lobe. Il chuchote :

— Allons dans la chambre.

— Hum hum, j'acquiesce.

Il m'agrippe par la taille et me soulève du sol. Il continue à m'embrasser tandis que nous prenons la direction de son sanctuaire. Il me pose gentiment sur le lit, puis me laissant là, ajoute :

— Je reviens dans deux minutes.

— Très bien.

Je profite de cet instant pour me déshabiller. J'ai conscience de l'effet que mon corps a sur les hommes. Ce n'est pas aujourd'hui que je vais arrêter d'utiliser cet atout. Une fois nue, je m'installe nonchalamment sur le lit, dans une position sexy, mais confortable. J'attends son retour. Il ne se fait, heureusement, pas désirer. Alors qu'il entre dans la pièce, je l'observe. Son regard, pour commencer, tandis qu'il me voit nue, pour la première fois. Je trouve le désir dans ses yeux.

— Oh mon Dieu ! s'exclame-t-il. Tu es une déesse.

Je ne peux m'empêcher de rougir. Je dois dire que je ne suis pas trop mal tombée. Remarquant son torse doré et musclé, ses pectoraux et ses abdos saillants, je me réjouis de la suite. Restant à distance pour continuer à me contempler, ce qui me fait un peu rougir, il se défait du reste de ses vêtements et approche enfin de moi. Il se met sur moi et recommence à m'embrasser, avec passion cette fois. Les roulements de langue deviennent plus profonds, plus humides, les morsures de lèvres plus fréquentes. Mes mains agrippent et griffent son dos, animées par la passion. Il utilise sa langue ensuite pour caresser mon cou, puis descendant encore, attrape un téton entre ses dents. Je lâche un gémissement de plaisir. Ne laissant pas l'autre sans attention, il le caresse tout en maintenant le premier dans sa bouche. Il sait y faire.

— Je veux te faire plaisir, murmure-t-il.

— Tu te débrouilles très bien, je le rassure.

— J'aimerais… vraiment… te faire plaisir.

Il me fixe de son regard intense, rempli de désir pour moi.

— J'ai adoré sentir ta langue l'autre jour.

Il me sourit puis ajoute un :

— À vos ordres, mademoiselle.

Il pose un doux baiser sur mon sein puis descend en direction de mon pubis, déposant d'autres bisous sur mon ventre en passant. Il s'installe correctement, puis commence par embrasser mes lèvres, mordillant l'intérieur de mes cuisses, également. Je sens son souffle chaud sur mon bouton de plaisir. Je suis terriblement excitée. Il pose enfin le bout de sa langue sur mon clitoris et je ne peux m'empêcher de cambrer mon bassin et de pousser un gémissement de satisfaction. Par un léchage perfectionné, mon plaisir s'en va grandissant. Mes cris sont plus rapprochés et mon souffle s'accélère. Sans que je ne doive rien lui dire, il insère alors deux doigts dans mon vagin. Il les pénètre et les sort dans un rythme de plus en plus cadencé.

— Continue ! Mmmmhhh… Je vais jouir.

Il me jette un regard malicieux et continue ses caresses de plus belle. Je ne tiens pas plus de quelques secondes. Je laisse la vague de plaisir parcourir mon corps, dans un état de pure béatitude. Il vient se mettre à côté de moi et tandis que j'avance un geste pour prendre le relais, il me repousse contre le matelas.

— Je te laisse quelques minutes de repos,

et puis c'est reparti. Je veux te voir jouir… encore… et encore. C'est tellement beau.

Je me rends alors compte que ce traitement n'est pas limité à ce soir. Je suis en couple avec Anthony Beauchamp. Nous pourrons le refaire infiniment, tant que nous resterons ensemble. Cette pensée me donne l'impression qu'une bulle se développe et m'entoure pour m'emmener au septième ciel.

Je me réveille comme une fleur dans le lit d'Anthony. J'inspire profondément son parfum incorporé dans les draps. Me sentant probablement bouger, son bras vient m'entourer et me serrer contre lui, mon dos contre son torse. Il pose un baiser furtif sur ma nuque et me murmure :

— Bonjour.

Je me retourne pour lui faire face, un grand sourire allumant mes traits. Je place le drap devant ma bouche pour éviter de lui imposer mon haleine matinale :

— Bonjour, je lui réponds d'une petite voix.

— Pas de ça avec moi ! ordonne-t-il tandis qu'il attrape le tissu pour le retirer de mon visage.

Il glisse sa main au creux de mes reins et m'attire à lui, posant ses lèvres dans un geste passionné tandis que nos langues se mélangent à nouveau. Je sens son pénis en érection contre ma cuisse et je ne peux m'empêcher de m'enflammer.

— J'ai envie de toi, me souffle-t-il.

— Je pense m'en être aperçue la nuit dernière, je lui réponds, taquine.

Il m'embrasse le cou à présent. Je savoure le moment, ressentant chaque caresse, chaque baiser sur ma peau en feu. Cependant, je n'ai toujours pas avoué ma crise de panique. Je dois lui parler de mes sentiments, lui raconter tout ce qui s'est passé. J'ai envie de tout lui révéler afin que nous commencions cette histoire, notre histoire, sur des bases saines.

— Ce n'est pas que je n'apprécie pas ce que tu es en train de me faire, mais j'ai besoin de te parler.

— Mmmh… Je t'écoute… souffle-t-il tout en continuant à m'embrasser.

De mon cou, il passe à ma clavicule, puis descend jusqu'à trouver l'un de mes seins. Il place le téton entre ses dents et commence à le mordiller. Je sens une vague de chaleur s'emparer de mon entrejambe. Je ne peux retenir un gémissement.

— Mmhh... Non... Non ! Arrête !

Il lève la tête pour me regarder et me demander :

— Tu en es sûre ?

— Non, je souris. Mais ce que j'ai à te dire est important.

Il se dégage alors de moi pour se placer à mes côtés.

— C'est de la torture, confesse-t-il. Sais-tu seulement l'effet que tu génères sur moi ?

Je pose ma main sur son pénis dur une seconde.

— Oui, je crois m'en être aperçue.

— Ne joue pas ainsi avec moi, gronde-t-il en tentant de se coucher à nouveau sur moi.

Mais rapide comme l'éclair, je me dégage et sors des draps pour me mettre debout. Nue devant lui, Anthony ne peut s'empêcher de monter le duvet jusqu'à ses yeux.

— Peux-tu te rhabiller s'il te plaît ? Voir ton corps de déesse ne m'aide vraiment pas.

— Ahahah ! Bien sûr !

Je pars en direction de son dressing afin d'attraper l'une de ses chemises. J'ai toujours trouvé qu'une femme dans des vêtements d'homme était super sexy. Je décide de ne pas mettre de lingerie. Lorsque je reviens, il est assis au bord de son lit. Il a déjà enfilé son boxer où on peut deviner une érection encore bien présente. Je permets à mes yeux de s'attarder dessus tandis qu'un sourire se forme au coin de mes lèvres. Il remarque ma mine réjouie et ne peut s'empêcher de commenter :

— Peut-on entamer la discussion pour que nous puissions reprendre les choses là où nous les avons laissées ?

— Bien sûr ! je dis. Allons dans le salon !

Il se lève et me suit.

— Va t'installer, je vais nous faire couler une tasse de café, ajoute-t-il.

J'acquiesce et vais m'asseoir sur le

canapé. J'attrape une couverture que je place sur mes jambes et j'amène la manche de chemise que je porte à mon nez pour en respirer le parfum. Elle sent un mélange de lessive et d'eau de toilette. Je reste là, à observer ce qui m'entoure dans ce lieu étrange qui bientôt deviendra familier. Enfin, s'il accepte d'entendre ce que je m'apprête à lui dire. Pourvu que je ne gâche pas tout en lui racontant la vérité.

Anthony sort de la cuisine avec deux tasses fumantes dans les mains.

— Tiens ! me dit-il en m'offrant l'un des récipients.

Je saisis le café avec un sourire.

— Merci.

Il vient se placer dans un fauteuil annexe afin de pouvoir me faire face. Nous échangeons des regards. Le sien se montre curieux tandis que le mien doit afficher un peu de frayeur, car il me confie :

— Tu ne dois pas te sentir obligée de me dire quoi que ce soit. Notre relation débute ici et aujourd'hui. Le reste appartient maintenant au passé.

Je le remercie avec un sourire et un hochement de tête. Après quelques secondes à siroter notre café, je commence mon récit :

— Tu m'as interrogée, un jour, sur les événements qui ont amené Tom Fitzmartin à m'octroyer ma promotion sachant qu'il me l'avait préalablement refusée.

Anthony devient tout rouge.

— Nous n'avons pas besoin d'en reparler, coupe-t-il.

Puis, en voyant mon regard contrarié, il ajoute :

— Pardon... Continue. Je ne t'interromprai plus.

— Bien... Hum... Tout a commencé le soir de l'anniversaire de mon meilleur ami Tybalt...

Je lui raconte alors l'affront ressenti lorsque mes amis ont évoqué mon manque d'activité sexuelle, puis la rencontre avec Tom. Le fait que nous ignorions nos prénoms et n'avons pas cherché à en savoir plus l'un sur l'autre tant le sexe demeurait minable. Je vois un sourire se dessiner sur les lèvres d'Anthony à ce moment-là. Je lui explique comment il bavait sur les photos de Carla. Et puis comment j'ai pris en main mon avenir en utilisant ma colocataire pour ce fameux deal. Et ensuite de quelle manière elle a, elle aussi, profité de l'occasion en créant un marché qui lui permettrait, je m'en rends compte, de se rapprocher de moi. C'est à mon tour de sourire. Je lui raconte également les deux rencontres faites avec le mec surnommé le lapin, et Daniel.

— Il ne me reste plus qu'un détail à régler, je termine. Je dois m'entretenir avec Daniel une dernière fois afin de lui expliquer que notre contrat a pris fin.

Je regarde Anthony, attendant une réaction de sa part. Un sourire commence à se dessiner sur ses lèvres puis d'un coup il éclate de rire.

— Tu es extraordinaire ! Si j'avais pu imaginer une seule seconde que ma responsable des ressources humaines pouvait se montrer aussi ingénieuse et fun, je l'aurais invitée il y a fort longtemps.

— Je viens tout juste de me révéler, je

lui confie. Et principalement parce que mes amis m'ont un peu poussée dans mes retranchements.

— Eh bien, je me réjouis également de bousculer tes habitudes afin de découvrir ce dont tu es capable. Je sens que sortir avec toi va s'avérer une partie de plaisir... et dans tous les sens du terme.

Son regard change tout d'un coup. D'une voix plus grave, muée par l'excitation, il me demande :

— Y a-t-il autre chose dont tu voulais me parler ?

Je secoue la tête. Il se lève alors. Il prend nos deux tasses et les mets sur la table. Il se penche ensuite sur moi afin de m'embrasser. Il saisit ma main pour la poser sur son sexe en érection. Mon discours n'a apparemment pas atténué ses ardeurs.

— Où en étions-nous ? me souffle-t-il à l'oreille.

J'enlève alors la couverture qui me sépare de lui et je me précipite pour ôter le boxer, seule pièce de vêtement encore présent entre nous. Je me glisse sur le canapé, jambes écartées, prête à le recevoir. Il ne se fait pas prier. Il insère un doigt afin de vérifier mon état d'excitation et je gémis. Il ne lui en faut pas plus. En un coup de reins, il se retrouve en moi et je me sens à nouveau entière. La vie est belle. Légère du fardeau que je portais jusque-là et maintenant comblée par son corps à l'intérieur de moi, cette journée ne pouvait pas mieux commencer.

Chapitre 12

Les fiançailles

Anthony et moi arrivons au travail en même temps. Nous nous sommes juste arrêtés à mon domicile afin que je prenne quelques affaires avant d'aller au bureau. Il m'a attendu en bas, au cas où Carla se trouverait à la maison. Heureusement, aucune crinière blonde n'est apparue. C'est une impression étrange de se rendre sur mon lieu de travail en compagnie de mon boss... et petit ami. Tous ces gestes, ces attentions vis-à-vis de moi, je ne souhaite pas que ça cesse. Sa main posée sur ma jambe lors de notre trajet en voiture, ses doigts entrelacés dans les miens alors que nous parcourons les différents endroits, ses baisers sur mon front, sur mes lèvres, je pense pouvoir très vite m'y habituer. Après ma discussion à cœur ouvert, où il a témoigné une oreille attentive, nous avons pris une journée de congé et l'avons passée à faire l'amour. Que c'était bon ! Quant à la conversation… Je me suis enfin livrée. Je lui ai exprimé mes peurs, mes attentes. Il s'est montré doux, m'a rassurée. Je suis celle qu'il espérait trouver et il s'est même excusé du temps qu'il lui a fallu pour s'en apercevoir. Je ne lui en veux pas. Comment pourrais-je ? Je possède mon quota d'erreurs également. Mais nous demeurons là, aujourd'hui : un couple.

Nous nous séparons alors que nous laissons la voiture dans le parking souterrain et nous dirigeons vers l'ascenseur. Il me jette un regard et sans autre préambule me pousse contre un pilier afin de m'embrasser goulûment.

— Tu vas me manquer, me susurre-t-il, ensuite, à l'oreille. Vivement ce soir…

J'ai encore envie de lui, malgré le peu de sommeil. Il me fait un effet incroyable.

— Je suis désolée, mais je ne pourrai pas me libérer avant jeudi. Je dois voir Daniel, je lui dois bien ça.

Anthony se recule et fronce les sourcils. De la jalousie ? Je m'approche pour lui poser un léger baiser sur les lèvres.

— Tu n'as rien à craindre, je murmure. Je dois également parler à Carla et Tybalt, ce soir, afin de les mettre au courant des derniers événements. Et puis, je dois libérer Carla de ce deal avec Tom. Maintenant que j'ai couvert mes arrières.

Je regarde Anthony en levant un sourcil soucieux.

— Naturellement. Tu mérites complètement ta position dans cette compagnie Luna, et ce n'est pas parce que tu as couché avec tes deux boss.

Il éclate de rire alors que la couleur de mon visage tourne au rouge pivoine.

— C'est un peu trop tôt pour en rire ? demande-t-il.

Je me mets à pouffer également.

— Je suis ravie de voir que nous avons le même sens de l'humour.

Il me sourit tendrement.

— Tu vas leur dire, pour nous ? À Carla et Tybalt, je veux dire.

— Oui, si ça te convient ?

— Alors je suis ton homme ?

Je caresse sa joue :

— Et quel homme !

Il pose cette fois un doux baiser sur mes lèvres.

— Très bien, conclut-il en s'écartant de moi et me guidant à nouveau en direction des ascenseurs, mais à partir de jeudi, tu m'appartiens.

Je lui offre un grand sourire et acquiesce d'un hochement de tête. Ma vie ressemble à celle d'un conte de fées.

Assise à mon bureau, je regarde le portable que j'ai dans les mains. J'ai envoyé deux messages. L'un à mon groupe d'amis pour leur dire que la soirée était remise au lendemain. Pour me faire pardonner, j'ai promis d'amener du champagne et des macarons

Ladurée. Naturellement, Carla a montré sa mauvaise humeur, mais lorsque j'ai expliqué que je devais mettre fin à ma relation avec Daniel, elle s'est tout de suite calmée. Mes amis ont certainement compris que ma vie a pris le tournant espéré. Je me réjouis de pouvoir tout leur raconter.

L'autre message a été envoyé à Daniel. Je devrais le retrouver ce soir. J'attends encore sa réponse. Je l'ai invité chez moi. J'ai conscience qu'il se fera des idées. Cependant, je ne pouvais pas froidement le rencontrer dans un café. Nos échanges m'ont beaucoup apporté et il reste un homme formidable. Je demeure un peu nerveuse quant à cet entretien. Il y a des années que je n'ai pas rompu avec un homme.

Quelqu'un frappe à la porte et je sursaute. Je me rappelle soudain que je dois engager un nouvel assistant. Il me faut mettre ceci sur ma liste de priorités, sinon je continuerai d'être sans cesse interrompue.

— Oui ? C'est pour quoi ? je demande.

J'aurais dû le deviner en voyant la

crinière blonde de Carla qu'elle ne patienterait pas un jour de plus pour obtenir des informations. Elle m'offre un grand sourire et sans escompter une confirmation de ma part, passe la porte qu'elle referme derrière elle.

— Tu ne pouvais pas attendre, hein ?

— Je ne poserai pas de questions, vu que tu tiens à garder tes cachoteries. Tout sera révélé demain soir, n'est-ce pas ?

Elle a peur que je ne m'esquive une fois de plus. Je rigole.

— Oui, je te le promets. Tu avais besoin de quelque chose ?

— Non... enfin oui... enfin, elle hésite.

— Crache le morceau !

— Tu en es sûre pour Daniel ? Je ne souhaite pas que tu regrettes ton choix. Tu es tellement plus décontractée depuis que tu as obtenu ta promotion, ou depuis notre deal et ta sexualité retrouvée.

Elle me fait un clin d'œil.

— N'est-ce pas un peu prématuré ?

Je souris de son attention.

— Je te promets que j'ai pesé le pour et le contre et... Tu n'as pas vu Tybalt récemment ? je demande, car Carla ne semble pas au courant de ma petite crise de panique.

— Hum... non. Je suis restée absente tout le week-end. Je...

Elle rougit. Ce qui est une première. Elle se mord la lèvre.

— Y a-t-il quelque chose que toi tu souhaites me confier ? je l'interroge, soudain suspicieuse.

— Non... Enfin, pas aujourd'hui !

Un énorme sourire s'étale à présent sur son visage.

— Tu l'as énoncé toi-même, les révélations auront lieu demain. Je vais te laisser. Je dois reprendre le travail.

D'autres coups sont frappés à la porte et Carla se retourne, puis s'adresse à moi :

— Si je peux te conseiller un truc, commence ta journée en cherchant un assistant, sinon tu vas te trouver constamment interrompue.

Elle me tire la langue, sachant très bien qu'elle reste le principal élément perturbateur. Puis elle quitte le bureau en permettant au prochain employé de pénétrer les lieux.

Il est dix-neuf heures. Daniel ne devrait plus tarder. J'ai mis une tenue pas trop sexy pour l'occasion. Je ne souhaite pas le tenter. Je regarde l'horloge au-dessus du bar pour la énième fois. Je suis stressée. La sonnerie retentit et je sursaute. Du calme, Luna. Tout va bien se passer. Je décroche le combiné.
— Oui ?
— C'est Daniel.
— OK !
Je marque une pause.
— Je t'ouvre. Monte !
J'entends le buzz caractéristique de la porte principale et je raccroche. Je commence à faire les cent pas dans le couloir, puis je me souviens.
— Mince ! Le blanc !
J'ai mis il y a une heure une bouteille de vin dans le congélateur. Pourvu qu'elle n'ait pas explosé. Je me précipite pour la sortir. En même temps, quelques coups sont frappés à l'entrée. Je me retourne d'un geste. La condensation créée par la bouteille glacée et la chaleur de ma main permet au vin de m'échapper et de

tomber en fracas sur le sol de carrelage, éclatant en mille morceaux. Je ne peux contenir un cri. La porte, heureusement déverrouillée, s'ouvre à la volée et Daniel fait irruption dans l'appartement.

—Luna? Tout va bien ?

Ne pouvant plus retenir la pression de cet instant, je me mets à pleurer.

— Mais... s'étonne-t-il.

Il s'approche en tentant d'éviter que des bouts de verre ne se plantent dans ses chaussures et en essayant de ne pas glisser sur le sol détrempé par le liquide répandu. Il m'attrape par les épaules et me force à le regarder en face.

— Tu es blessée ? me demande-t-il avec inquiétude.

Je me mets à pleurer de plus belle, mais j'arrive tout de même à secouer la tête. Il s'autorise alors un sourire.

— Viens ! Allons nous asseoir !

Il me prend la main et me guide en direction du canapé. Je m'installe docilement. Il me laisse ensuite un instant pour aller chercher quelque chose dans le couloir.

— Heureusement que j'ai aussi pensé à

en amener une.

Il sort une bouteille de derrière son dos dans un geste théâtral et je ne peux retenir un sourire.

— Ah voilà ! Je préfère te voir ainsi. Respire un grand coup. Je vais te servir un verre, puis laver un peu tout ça. Au moins, de manière à éviter d'autres accidents, et pouvoir, enfin, entamer la soirée.

Il me lance un de ces sourires charmeurs dont il a le secret. Qu'est-ce qu'il est beau ! Cette pensée me glace aussitôt. Qu'est-ce que je suis en train de fabriquer ? Je ne peux pas laisser Daniel nettoyer mon appartement alors que je m'apprête à le plaquer.

— NON ! je hurle tout d'un coup.

Il sursaute dans la cuisine avec la bouteille à la main

— Je n'en ai pas pris d'autres, me lance-t-il en se retournant lentement. Si on pouvait éviter de casser celle-ci aussi.

Je ne peux retenir tous les mots qui sortent d'un coup et pas forcément de la manière dont je l'aurais souhaité. Mais c'est souvent ainsi. Je contiens tant les émotions, je ressasse tellement les discussions dans mon cerveau que les phrases se mélangent et tout jaillit dans une explosion de paroles dépourvues de toute empathie.

— Je ne veux pas que tu nettoies, je ne désire pas non plus que tu te montres gentil et attentionné. C'est fini entre nous !

Daniel, la bouteille toujours en main, me fixe avec un air choqué sur le visage.

— Pardon, je ne souhaitais pas te dire les choses de cette manière… Je…

Je remonte mes jambes sur le canapé et je les enserre de mes bras. Je pose ma tête contre mes genoux. Je n'ose pas regarder Daniel. Je peux néanmoins percevoir du mouvement dans la cuisine. Après quelques minutes, je l'entends approcher.

— Tiens, Luna, prends ça !

Je redresse la tête et contemple le verre de vin qu'il me tend. Je ne dis rien, mais je saisis tout de même la boisson.

— Tu sais, commence-t-il. Je me suis douté qu'il y avait anguille sous roche. Tu ne t'es pas précipitée pour reprendre rendez-vous. Et quand je suis arrivé… Tu portes un col roulé, Luna, alors qu'il fait vingt degrés.

J'éclate de rire et renifle en même temps.

— Je suis désolée, Daniel.

— De quoi ? Nous ne sommes pas vraiment ensemble. Je n'ai jamais laissé entendre non plus que je souhaitais plus que ce que stipulait notre marché, si ?

Je le regarde longuement, essayant de déceler ce qui se cache derrière ses magnifiques yeux verts.

— J'ai cru...

Il ne le dément pas :

— Oui, peut-être que je commençais à m'habituer à nos messages et tu restes une femme superbe. Comme je te l'ai confié, je ne me sentais pas prêt lorsque nous nous sommes rencontrés. Maintenant ? Apparemment, c'est trop tard. Rassure-moi, cependant. Tu en as choisi un autre, n'est-ce pas ? Ce n'est pas à cause des clauses de notre contrat et que tu préfères trouver quelqu'un pour quelque chose de plus sérieux ? Parce que je suis disposé à passer à l'étape suivante... Il faut que tu le saches.

Je vois son regard plein d'espoir tandis

qu'il tend sa main pour prendre la mienne. En se rapprochant de moi, des effluves de parfum assaillent mon nez et des images de nos ébats me reviennent en tête. Je déglutis difficilement, mon cœur battant la chamade. Il se penche dans l'intention de m'embrasser. Mes yeux s'attardent un instant en direction de la cuisine et le capharnaüm qui y réside me rappelle ce pour quoi Daniel se trouve là. Je le repousse et me lève d'un bond.

— Non ! Arrête ! Je ne peux pas ! J'ai rencontré quelqu'un. Je suis en couple.

Je balance, encore une fois, tout d'un coup. Je me tourne vers Daniel toujours assis, attendant une réaction de sa part. Il garde le regard au sol quelques secondes, puis il pose son verre sur la table, hoche la tête de manière résignée et enfin se lève.

— Je pense qu'il est préférable que je parte.

Il passe à côté de moi alors que je reste figée, ne sachant plus trop comment agir. Il saisit sa veste sur le porte-manteau. Puis, il se retourne et me faisant face, s'adresse à moi :

— Tu sais, Luna, tu aurais pu me dire tout ça par SMS. Nous n'avions pas besoin de nous voir. Rien n'a jamais été décidé entre nous.

Je demeure silencieuse, attendant la suite.

— Je pense qu'au fond de toi, tu éprouves des sentiments pour moi. Tu cherchais à connaître si j'en avais également à ton encontre. Tout aurait été beaucoup plus simple pour toi si j'étais resté indifférent. Mais voilà. Je ne le suis pas.

Il me sourit puis ajoute :

— J'espère que tu fais le bon choix. Je te conseille néanmoins de garder mon numéro. Je ne resterai pas disponible indéfiniment. Mais je souhaite tout de même te laisser le temps d'y réfléchir.

Il s'approche alors et pose un baiser sur ma joue.

— À bientôt, Luna.

Je reste plantée là, incapable d'esquisser un geste ou de prononcer un mot. Que vient-il tout juste de se passer ?

Je gare ma voiture devant chez Tybalt.

La Kia Picanto de Carla s'y trouve aussi. J'ai comme un flash, une impression de déjà-vu. Ce soir où l'anniversaire de mon ami a changé ma vie, pour le meilleur. Enfin, je l'espère. Je repense à Anthony et le baiser qu'il m'a donné ce matin encore, lorsqu'il est passé dans mon bureau. Je lui ai raconté mon entrevue avec Daniel, que notre contrat avait pris fin. Je ne lui ai cependant pas avoué avoir failli l'embrasser. Tout comme j'ai négligé de mentionner que je me suis retrouvée incapable d'effacer son numéro de mon répertoire, gardant pendant de longues minutes mon doigt au-dessus du bouton permettant de le supprimer. Je ne sais pas si je souhaite en parler avec mes amis, non plus. Du moins pas aujourd'hui. Je reste encore bien trop confuse par les révélations de Daniel. Et puis, je suis en couple. Je sors avec Anthony Beauchamp, l'homme de mes rêves. Et c'est exactement le motif de la célébration de ce soir.

J'approche de l'entrée et sonne. Il ne faut pas longtemps avant que la porte s'ouvre, ne dévoilant pas Tybalt, mais Carla.

— Te voilà enfin ! s'exclame-t-elle alors qu'elle m'attrape par le bras et m'emmène à l'intérieur de la maison. Ça fait une heure que je t'attends !

Elle arrache à moitié mon sac de mon épaule, puis m'aide à ôter mon manteau. Elle glisse ensuite ses doigts entre les miens et me guide à travers toutes les pièces jusqu'au salon. Je croise Tybalt et Eoin à la cuisine à qui je peux tout juste crier un « bonjour » avant d'être escortée plus loin. Je suis alors poussée sur le canapé sur lequel je rebondis. Carla s'installe aussitôt face à moi, les coudes sur les genoux, les mains sous le menton, prête à entendre tout ce que j'ai à lui dire. Je me retourne du côté de la cuisine :

— Ne devrions-nous pas attendre Tybalt et Eoin ? Nous nous trouvons, tout de même chez eux.

Elle se recule pour se mettre dans une position d'ennui :

— Tu ne vas pas déjà chercher des excuses ?

Je lui offre un grand sourire, puis je me penche vers elle de manière conspiratrice. Elle se ranime et s'avance vers moi pour recueillir ma confidence. Je murmure :

— Cela en vaut la chandelle.

La surprise marque ses traits une seconde avant qu'ils ne soient remplacés par une moue enfantine. Elle croise les bras et recule le plus loin possible sur son fauteuil tandis que j'éclate de rire. C'est à ce moment-là que le couple nous rejoint, les mains chargées de victuailles. Je me lève pour les aider à poser les apéritifs sur la table et leur octroie un bonjour convenable, c'est-à-dire en les embrassant sur les deux joues. Carla ne boude pas longtemps et profite de ce que les mignardises apparaissent devant elle pour en chaparder quelques-unes.

— Asseyez-vous… mm'Luna a des choses à nous r'conter, ordonne-t-elle la bouche plein.

— Ah oui ? demande Tybalt, avec un air de faux semblant.

Carla le fixe un instant, puis darde son regard sur moi. Elle fronce les sourcils et s'enfonce à nouveau dans le fauteuil en croisant les bras.

— Comment est-il possible que bien que

ce soit moi qui fasse le sale boulot, je demeure toujours la dernière au courant ?

— Tout se passe bien avec Tom, d'ailleurs ? La fin du mois approche. Tu vas bientôt retrouver ta liberté, je le lui rappelle, sachant très bien que la sentence s'achève ce soir.

— Non non non... me coupe-t-elle, en s'avançant à nouveau et en posant son index sur le bout de mon nez, tu ne...

Elle ne termine pas sa phrase. Nous avons tous les trois les yeux rivés sur le caillou de 24 carats accroché à son annulaire. Je lui prends la main et regarde le bijou qu'elle affiche.

— Mince, commence-t-elle en se mordant la lèvre et en battant des cils. J'ai gâché l'effet de surprise.

— Tu es... fiancée ? Je l'interroge de la part de nous trois, les mots s'étranglant presque dans ma gorge.

— Je... hum... oui, OK, je suis fiancée ! Mais je ne voulais pas le dire. Avec tout ce qui se passe dans ta vie depuis que je t'ai fait accepter cet horrible deal. Je...

Elle baisse le regard. Je demande alors la chose qui me brûle les lèvres :

— Est-ce... Est-ce Tom ?

Elle lève les yeux sur moi et éclate de rire. Son hilarité devient contagieuse. Le soulagement s'ajoutant à cela, je ne peux me retenir de l'accompagner.

— Bon, je vais du coup répondre à ta question. J'ai dit à Tom que c'était terminé. J'espère que tu ne m'en veux pas Luna. Mais c'est un rustre avec un sens de l'humour déplorable. Qui plus est, je n'en pouvais plus de le voir sans arrêt lorgner ma poitrine. Il faut, un moment donné, faire preuve d'autocontrôle.

Elle me regarde intensément alors qu'elle sait ce que je vais lui demander ensuite.

— Et non, nous n'avons jamais couché ensemble.

J'acquiesce à ses propos, même si cela n'a plus d'importance. J'ai Anthony dans la poche.

— Qui est l'heureux élu, donc ? l'interroge Tybalt.

Je les avais presque oubliés, lui et Eoin. Je me retourne sur eux et les surprends à nous observer, l'un à côté de l'autre, une assiette d'apéritifs dans la main, comme si nous étions un show intéressant dont ils demeurent les uniques spectateurs. Je ne peux m'empêcher de sourire. Je redonne mon attention à Carla :

— Stanislas ?

Elle rougit et explose presque :

— Ouiiiii ! Je sais, c'est tellement cliché ! La bombe blonde aux origines russes et son mari riche comme Crésus.

J'éclate de rire. Elle continue :

— Mais je n'y peux rien. Il est beau, sexy et fait l'amour comme un dieu.

Je l'observe alors qu'elle énumère, une à une, toutes ses qualités. Je peux lire l'amour dans son regard. Je l'interromps :

— Tu l'aimes...

Elle lève ses grands yeux sur moi et m'offre le plus lumineux des sourires :

— Oui... oui, je l'aime.

— Félicitations ! rugissent alors en cœur Eoin et Tybalt.

Je sursaute devant leur explosion de bonheur, puis me joins à leur allégresse pour souhaiter tous mes meilleurs vœux à mon amie. Une fois que Carla a terminé de montrer sa bague à tout le monde et que tous les détails de sa vie sexuelle et amoureuse ont été donnés, elle se retourne vers moi.

— Et toi, alors ? Je veux tout savoir...

Je peux à peine ouvrir la bouche qu'Eoin éclate :

— Elle est en couple avec Anthony !

Nous nous tournons tous vers lui. Tybalt fronce les sourcils et lui lance :

— Et moi qui pensais que tu ne supportais pas nos soirées ragots. Tu restes, en fait, le pire d'entre nous...

Nous explosons tous de rire, Eoin compris. Je prends alors le temps de raconter à mes amis ce qui s'est passé, dans les moindres détails ; notre première relation sexuelle sur mon bureau.

— Tu veux parler du bureau sur lequel nous avons ensuite mangé le lunch ? me demande Carla en affichant une mine dégoutée.

— Celui-là même, je lui avoue en rigolant.

Puis, après avoir rapporté à Carla l'expérience de ma crise de panique, celle dont Tybalt et Eoin ont été les témoins, je leur explique, à tous, comment je suis retournée chez Anthony et le formidable sexe qui s'en est suivi. Je continue mon récit en leur détaillant la conversation du lendemain; celle qui nous permit à Anthony et à moi de comprendre où se trouvaient nos erreurs et de comment repartir sur des bases plus saines. Finalement, je leur narre toute la journée qui a succédé. Je leur confie à quel point nous ne semblions jamais assez rassasiés l'un de l'autre. Tout y passe. Tout... sauf Daniel. Une ombre furtive apparaît sur mon visage, un signe que Carla semble apercevoir, mais que je me dépêche de cacher par un sourire lumineux. Je suis en couple avec Anthony Beauchamp. Peut-être que si je continue de le répéter, je finirai par vraiment l'intégrer.

À un moment donné, Eoin ouvre une bouteille de champagne afin de fêter nos nouvelles histoires d'amour, ou de tout simplement célébrer la vie. Je me rends compte que nos existences ne seront plus les mêmes. J'observe mes amis l'un après l'autre. L'amour a enfin rempli chacun de nos cœurs. Je baisse les yeux sur mon portable en me questionnant sur l'identité de l'homme à qui je rattache ces mots. Je suis en couple avec Anthony Beauchamp. Carla surprend mon regard. Je ne sais pas si elle parvient à lire le trouble qui m'habite, mais elle m'offre la parfaite distraction. Parée d'un grand sourire, elle me propose :

— Accepterais-tu d'être ma demoiselle d'honneur ?

Un bonheur immense me remplit alors. Je me demande si c'est l'habitude de ces derniers mois qui m'oblige à lui répondre sous forme de challenge :

— Seulement si tu me promets d'un jour devenir la mienne ?

Elle éclate de rire puis elle me tend la main :

— Deal ?

Je pouffe de rire à mon tour en me rappelant que c'est ainsi que tout a commencé. Je lui présente la mienne pour sceller le pacte :

— Deal !

Il ne reste plus qu'à découvrir l'identité de l'homme que je rejoindrai à l'autel.

Fin

Suivez-moi ici

Instagram: ledeal_emilieboegli

Facebook: ledealparemilieboegli

Remerciements

Merci à tous ceux qui ont participé à sa première lecture, relecture, corrections.

Merci à ceux qui continuent de m'encourager quand je me demande pourquoi je continue encore, même si, au fond de moi, je sais que je ne pourrai jamais m'arrêter.

Merci à ceux qui me poussent, me challengent, me remettent constamment sur le droit chemin.

Merci à toutes ces idées qui se bousculent dans ma tête, mais qui arrivent tout de même à sortir sous forme de récit au contenu plus au moins plausible.

Merci à l'univers qui me montre la voie, lorsque j'ai besoin de signes et aux anges qui me protègent.

Printed in Great Britain
by Amazon